另外一面

李恒语 ___ 著

ANOTHER SIDE

中国财富出版社有限公司

图书在版编目（CIP）数据

另外一面／李恒语著 . -- 北京：中国财富出版社有限公司，2024.9.

ISBN 978 - 7 - 5047 - 8227 - 4

Ⅰ . I217. 2

中国国家版本馆 CIP 数据核字第 2024EG0309 号

策划编辑	陆　叙	**责任编辑**	贾紫轩　陆　叙	**版权编辑**	李　洋
责任印制	梁　凡	**责任校对**	庞冰心	**责任发行**	杨恩磊

出版发行	中国财富出版社有限公司	
社　　址	北京市丰台区南四环西路 188 号 5 区 20 楼	**邮政编码**　100070
电　　话	010 - 52227588 转 2098（发行部）　　010 - 52227588 转 321（总编室）	
	010 - 52227566（24 小时读者服务）　010 - 52227588 转 305（质检部）	
网　　址	http://www.cfpress.com.cn　**排　　版**　宝蕾元	
经　　销	新华书店　**印　　刷**　北京九州迅驰传媒文化有限公司	
书　　号	ISBN 978 - 7 - 5047 - 8227 - 4/I·0380	
开　　本	880mm×1230mm　1/32　**版　　次**　2024 年 10 月第 1 版	
印　　张	6.75　　**印　　次**　2024 年 10 月第 1 次印刷	
字　　数	169 千字　　**定　　价**　58.00 元	

序

秦　方

　　读恒语的文字，就像走进了一个拼凑起来的奇幻世界，这个世界的主题是成长。恒语的文字跨越东方和西方，走过过去和现在，贯穿真实和虚构，连接人类和动物世界。这样一种在空间上乱中有序的安排和交错，构成了时间轴上一个年轻人的成长。有时你并不知道她的落脚点在哪里，甚至你会困惑于她的精神世界如何在当下的现实中获得一种确定性。但是，我想，这就是恒语这一代年轻人的风格，他们恰恰是在这样一个充满"不确定"的世界中，通过体验和想象，去寻找属于自己独有的确定性。他们并不需要任何外在的权威去界定他们，去教育他们，他们情愿一路走来跌跌撞撞，寻找自己的方向，也不愿意循规蹈矩地走外部给他们设定好的那条安全无忧的道路。

　　恒语是一个充满生命力的年轻人，她对这个世界充满了好奇，她探索世界的方式更多是阅读、思考和写作。恒语用文字勾勒出一个丰富的世界，这个世界充满了可能性。这个世界敞开给外人看，因为她要表达自己的态度和观点——她从不吝啬向这个世界表达；但是这个世界又有一部分是独属于她的，在那字里行间，有一些唯有恒语才能够理解的隐喻。她游走在公开和私密之间，用一篇篇文章雕刻出她在这个世界里思考、观察和活动的轨迹。她从来不为自己设限，因为她知道那些界限恰恰是用来跨越和打破的。

最终，恒语会长大——或许她在我们不知道的情况下已然成长起来，她有了自己的风格、品位和对这个世界的态度。那么，这本小书所记载的成长文字则成为她人生轨迹里的一点小小的文艺痕迹。我相信，待她进入人生新阶段后，她依然会保留着对这个世界的理想和认知，她的执着和坚持确保了这一点。但同时，她也会逐渐具备改变这个世界的能力，她的认真和努力早在这十几年的成长过程中显露。或许，她就是在期待着，经由自己的努力，这个世界会成为她理想的世界——它并非只有全然的善，但是却足够包容，能够让每一个人都有得体、合适的立身之地。

因此，我非常荣幸，能够为恒语写下这篇序，见证、参与她的成长。期待恒语在属于她的人生道路上执着前行，不畏风雨，最终达到理想之地。

Immersing myself in Hengyu's prose is like entering an intricate tapestry woven from dreams where the theme is growth. Hengyu effortlessly traverses across Eastern and Western realms while seamlessly blending past with present, reality with fantasy, human with animal. This harmonious chaos forms an evolving narrative that mirrors a young individual's journey through time—uncertain yet purposeful. Sometimes you may not know where she is heading, and you may even be confused about how her world can gain a sense of certainty in the present reality. But I think this is the style of young people like Hengyu, who seek their own unique sense of certainty through experiencing and imagining in a world full of uncertainty. They do not need any external authority to define them or educate them. They would rather stumble along their own path, finding their direction than relying on external validation or guidance to follow the safe and worry – free path.

Hengyu is a vibrant young girl who is full of curiosity about the world. Her exploration of the world is more through reading, thinking, and writing. In this world made up of words, Hengyu outlines a rich world filled with various possibilities. She opens this world to outsiders because she wants to express her attitudes and views—she never spares her expression of the world; but there is also a part of the world that is exclusive to her, in those words and lines, there are some metaphors and implications that only Hengyu herself can understand. Thus, she moves between public and private, carving out the trajectory of her thinking, observing, and activities in words. She never sets limits for herself because she knows that those limits are exactly what need to be crossed and broken.

Ultimately, Hengyu will mature—perhaps she has already blossomed while we remained unaware, embracing her unique style, refined taste, and distinctive attitude towards the world. The chronicles of her growth inscribed in this humble tome will serve as a delicate testament to her life's trajectory. I am confident that as she embarks on a new chapter in life, she will uphold her idealistic view of the world with unwavering determination and persistence. Simultaneously, she will gradually cultivate the capacity to change the world; her earnestness and diligence have already foreshadowed this transformation over the past years. Perhaps, she eagerly anticipates shaping the world into her envisioned utopia through her own endeavors— not entirely flawless but intricate enough to afford every individual a fitting and dignified place.

Therefore, I am very honored to write this short essay for Hengyu, witnessing and even participating in her growth. I look forward to Hengyu and her friends persisting on their own life paths, fearless of wind and rain, and finally reaching their ideal destination.

虚拟空间

书影时光

行在路上

英文小品

虚拟空间

我爱你，不只一封信

我的原创小说《我爱你，不只一封信》，讲述的是女主角与她的五只爱宠之间的故事……

你将看到的，是一个熟悉而陌生的世界……

序　一封信

亲爱的露丝：

这是一个乏味的场合，我将用一封信，讲述你们之间的友谊。

记得几年前的一个黄昏，北京街头，一个女孩走在路上。大学刚毕业的她在下雨时停下了，去了熟悉的地方——儿时友人正武家中。这时，家中阿姨微笑着抱来了那只波斯猫，笑呵呵地给了她，她接了过去："阿姨的猫咪生小猫了！"她快乐至极。阿姨笑而不语，周围仿佛安静极了，马路上急于赶路的车沉默了，水滴也不再想穿石了，看车位的老爷爷再也不计较车费了，阿姨家中无法养下这只小猫了。她抱住它，但不是出于爱，而只是出于激动，但她又有些难过，同样是猫咪，为何被抛弃的是它，并非其他五只中的一只？心中的一切由学习、工作化为了猫，心中不再是疲劳，而是快乐，她能看见的，只有猫身上紫色的花纹与灰的底色。

时间飞快，不知不觉中，你我在成长，波斯猫有了名字——露丝，而女孩，成长为了金融街上的白领，一个自在的人——我。五年间，一切在变，唯有爱不会改变。我希望，你能像你的名字一样，成为一朵盛开的玫瑰，在英文中，"露丝"就是玫瑰的意思，对我而言你是我最特别的宠物，我从搬进小别墅之后，你就一直在我身边，时间如流水，但我爱你，非常，非常……

之前我说过，我住在别墅中，外面有一个小花园，我在那里养了四只小狗。

第一次去宠物店时，见到了各式各样的小犬，考虑到花园里容不下淘气的小狗，选择时谨慎万分。本人又是"颜值控"，不好看的也全都 pass 了。这时，身边一位大姐看不下去了，问我："性格和颜值，你要哪个？不能都有！"我再三考虑，若选性格好的，可能外貌极丑；若颜值好，大部分又极为淘气，还有蛮横不讲理的。这时，一只在一众小狗中不突出，甚至平庸的金毛，得到了我的喜爱，从此，我的花园中出现了一只叫"雍正"的金毛，独自生活，过着自在快乐的日子。

但是，有一天，他不再孤独，他多了个朋友，"小萨"空印。这个名字的来源，露丝，你不知道吧？记得数年前，我读完了《倚天屠龙记》，其中有个武林高手叫空见神僧，此人不但武功高强，为人也不错。萨摩耶全身雪白，颇有僧人风骨。这是一个高尚又神秘的名字。这时，花园里多了点欢乐的色彩，不是吗，露丝？

不久以后，我朋友说，他家的小博美生小犬了，我为她取名为佳佳。我表姐说这小名好听，我也很自豪。她正好能和刚来不久的小泰迪做伴，小泰迪莎士比亚同意了，你呢？你和佳佳都是女孩子，一定会相处很好的。

祝你和好朋友们相处愉快！

爱你的主人

2017 年 5 月 5 日

* * * * * *

第一章　怦然心动——世界与生命

在北京，我生活得不错。我住在一个大房子里，养着宠物，过着很多人从小就希望过的生活。表妹依莎妍常常来我家，我们共同探讨《兰亭集序》。平常还可以去美国拜访表哥，让他带我玩玩儿。

记得几天前，有一次依莎妍过来同我探讨《兰亭集序》时，说到了一句"仰观宇宙之大"，我们两人同时想到了表哥……

"表哥最近老请咱们去美国！"依莎妍微笑。

"不是升官了吗？"我说。

不久后，才心中察觉，仰观"宇宙"之大，世界不只是从北京到华盛顿，再从华盛顿回到北京，世界不是指一个面积、一个物体，也不是一段距离；更不是一个定位。

我想说的是，当我看到空印时，就必须问问它，这是它们的故事，绝不是我或阿妍的。

我与依莎妍用手抚摸空印的皮毛，想必那"汪汪"一叫必在诉说什么呢！这时，阿妍一声"晚饭时间"，立刻将空印催到了狗屋，但我知道，空印好像在思考。

那我或许已是渺小的沙砾了，宇宙变化无常，或许，还是一颗沙砾好吧！面对无穷的宇宙，沙砾必定可以不理睬。因为沙砾可以决定的，只是自己的人生。除此之外，似乎毫无用处。无论是谁，小到乞丐，大到总统，只不过控制了自己的命运。沙砾，是自由的。

空印摇动着尾巴，它抬起头，和平时一样发出呼吸的声音，仰望天空，雪白的毛发似乎让它显得更具神性。

可否记得，与露丝的那次漫步。

也许，我们并未在漫步，并未在古城之中，但思想却已离开家，来到古城之中畅游。

那天，作为唯一可以同我进入室内的宠物，露丝来到了社区的咖啡馆。你们可曾想过，在这种环境中，翻开《古城游记》是什么感受？有一双眼睛——一只绿、一只蓝的眼睛，也盯住了这本书，满身紫色的斑点似乎正注视着，双爪静静放下，望向书。或许，它也能认字，这样下去，和我一起读那么多书，不就成为文豪了吗？露丝的心灵同它的名字一样，就像一支盛开的玫瑰——Rose。

如果，阅读可以替代真正的旅行该多好，那么书店就不会关门，如果这样，不知人与书的接触是否会多一点点？

不知为何，一下子，我的目光转向了门外，那个花坛，不知为何，一条条道路似乎躲着那朵花，或者，是那朵花躲着道路，我能看见的，是一朵玫瑰，旁边是朵向日葵，玫瑰在用力向路人展现身姿，而向日葵却眺望远方。

所以，这大概能让我想到"动"是多么幸福，我平时常常和雍正、空印出去玩，但再想想，玫瑰和向日葵都恨不得向前走几步，就算方向、目的地不一样，也没关系，因为都想"动一动"。

我的目光和露丝对视，它立刻动了动、挪了挪，在桌前，它很乖巧，大眼睛眨呀眨像个少女。看着它的样子，我想起了依莎妍有一次说，她和男朋友约会时几分钟就得看一下微信，害得连浪漫的气氛都没了。我就感叹，看微信很合理，约会也合理，但约会时却只局限于玩手机，就太无益了。

是啊！和爱宠漫步古城是一种享受，而读《古城游记》也是另一种享受。记着，千万不要弄乱了，不然你将失去大半快乐。放下手机把握生活的主次，享受世界吧。

第二章　英伦时光

英国，是一个浪漫的国度，也是一个平静的地方。

挽起窗帘，阴雨绵绵，这里并不喧闹，也不嘈杂，仿佛一切都是浑然天成。我安静地走着，不参与任何杂事，只是，望着远方，心里藏着些什么？酝酿着仇恨？等待的喜悦？快乐？伤心？泪水？笑靥？我不知道。我只是静静走着，留下一个浅浅的背影。雨水避开我的脚，我望着那些涟漪，它们消失得很快，但它们仍无畏地荡漾，也许这就是它们的使命吧？我想。

雨不知不觉地止住了，那条彩虹，淡淡的，一定是造就它的生灵，抛向那蓝色彼岸的信物吧。我漫步在街道上，一条条街如同泛黄的明信片，很老旧，但有一种干净精致的感觉，也不显得衰败，那种优雅与美丽令人心驰神往。

这条街，涟漪，我，露丝以及无数的人们，我们都是一个谜。从何而来？为何而去？使命是什么？生命的意义是什么？我也不知道，在那个宁静的咖啡馆，一本书，一杯卡布奇诺，只要在这个巨大的世界上有一方自己的天地就可以了。

望着露丝亮晶晶的眼睛，我忽然发觉生活可以如此简单。

"人生若只如初见，何事秋风悲画扇。等闲变却故人心，却道故人心易变。骊山语罢清宵半，泪雨霖铃终不怨。何如薄幸锦衣郎，比翼连枝当日愿"。

每次读过这一首《木兰花·拟古决绝词柬友》，总是想到了杨贵妃那如梦一般的爱情。死的那一刹那，人们后悔了吗？或许说永不。是的，爱情如此神奇、美妙。爱情最好的那一时，就是初见，怦然心动的感觉。"人生若只如初见"这句话正是此意。

世界上太多悲剧爱情，罗密欧与朱丽叶有过，梁山伯与祝英台有过，而现实中的爱情多多少少也会有悲剧，只是没那么传奇罢了。

我没有过爱情经历，但雍正有过，它的爱，是独一无二的……

那年，我在英国，只带上了雍正，没带别的宠物。空印冷静、喜爱哲学，露丝可爱、害羞。而大家对雍正，却毫不了解。没关系，我们慢慢来。

它爱上了一只叫兰蒂的金毛，它全身的毛色发亮。自从认识它之后，雍正总是想再见见它，如果我没猜错的话，兰蒂也是如此。

时间不是问题，但地点是问题。分别是必然的，而相见却不是。在英国时，我常常破例给雍正放电影《哈利·波特》，有时还让兰蒂和它一起看，所以雍正一直都是真诚的"哈迷"。雍正在英国生活得万分幸福。它的目光中闪烁着希望，是的，它爱兰蒂，因为兰蒂的一切都是好的。它们在一起的时光很短暂，因为短暂，所以珍惜。

180个日日夜夜过去了，真正的"哈迷"雍正走了。而兰蒂随后被人收养了。

用李清照的《一剪梅》来结尾吧。"红藕香残玉簟秋，轻解罗裳，独上兰舟，云中谁寄锦书来，雁字回时，月满西楼"。

第三章　初入江湖

花无常好，月不常圆。

我和依莎妍坐在行驶的车上，我看到，依莎妍神色悲伤，"安吉拉是不是出问题了？"我问道。"是的，倒闭了。"我说："开了60年的公司，怎么会这样"。车里一片宁静……

安吉拉是一个公司，阿妍就是那里的员工，从大学的时候开始，阿妍就经常去那里的分店打工，而后来，她就去总部工作了，现在已经是那里最重要的人了，因此安吉拉对她意义非凡。

那里有一个吉祥物——一只泰迪，我的爱宠莎士比亚就来自那里，但这不是重点。

"我多希望可以再回到那里啊！"阿妍绝望地看着远方，无论如何，事情已经不能改变了……

就像此刻我们坐在车上，不一定能真的到目的地，却不能接受中途下车。

或许公司就是如此，社会更是如此。万物都离不开"权"这个字，而这个字的背后，是一场被迫的战争。

正如武侠世界一般，走到教主、掌门人的位置，往往是踩着尸体上去的。最终，人们拼了个你死我活，却是螳螂捕蝉，黄雀在后。其实，这一切人们都知道，却必须这样去做，走上去，是残酷的，人们家破人亡，一些人手上沾了无数鲜血，不然，就会被踩下去。人们练就一身武功，并不一定是为了当教主掌门，只是不想被利用。当你认为武侠世界残酷、没人性时，却没想过现实世界，其实比武侠世界更血腥。武侠世界里的人们可以金盆洗手，归隐山林，不问江湖之事；可现实中，有太多被利用的人。现实中的人往往不能自主选择中途下车或坐往终点站，走到世界尽头，也逃不过"利""权"二字，和现实世界相比，那看似血腥的《笑傲江湖》真的再温柔不过了……

花虽不常好，却好过；月虽不常圆，却也圆过，在那金灿灿的童年。我们班的同学们总问："'利'是什么，'权'又是什么？"我也没见过，只是想到了写一下而已。此刻，我正注视着一双天真无邪的眼睛——莎士比亚的眼睛。

有一天，我什么也没想，什么也没干，只是静静地喝着热可可，下意识地望着远方发呆。

渐渐地，我感到很无聊，时间似乎静止了一般，大脑下意识地回忆起了一些往事，似乎有一个念头宛如鱼儿一般，什么念头？

是的，是佳佳，她在花园中游玩，她似乎很讨人喜欢，才过去几个月，她就和狗狗们关系那么好了。

此刻，我的脑海里充满了天真的念头。

思想，某些思想，大概在我小学三年级时就有了。在读了许多书后，我也怀疑书与书之间是否有一些共通点。

如果可以，我问我那五只宠物一个问题，它们的反应是不一样的，我的确做过这件事。空印站着不动，冷静，洪亮的叫声脱口而出；而露丝却往我怀里跑，一定要跑进怀中才说出来；而莎士比亚呆呆地望着我，眼神中充满了天真；佳佳爽朗的叫声，似乎舍不得停下。

我认为，宠物和人一样都有性格，要忠于自我的心声，倾听自己内心的声音，可以不采纳，但一定要倾听，思考，因为性格是特别的，是有趣的。有时候，我会观察，思考一些人的性格想法，很多时候，经历和阅读与行动有关，能沉住气观看大局的人，往往都是有阅历和阅读习惯的，并且是有个性、有思想的。

第四章　你……

我绝不是一个感情细腻的人。自从工作后，我从没休过假，但我似乎还在做一个休长假的梦。总是认为读书可以让我成长，经历点什么，可现在，我也成为真正的井底之蛙了。

每次无聊的时候，我会打开书，体会别人的生活，我希望，生活可以真的慢下来，我可以做任何我想做的事，这样，何时何地，我都能做我想做的人，就一定有收获，不论结果如何，总还是有益的。可悲的是，我也还不成熟。

渐渐地，我突然想起今天还没取邮箱里的报纸，虽然，我认为为了取报纸而停下阅读很不值得，但我还是懒懒地去取了。

这时，我吃了一惊，邮箱里没有报纸，在我要走开时，才发现下面的东西，太小了，都快让人看不见了，我想起了什么，吸了口气，看了看宠物们，以及在桌前的露丝。我……我拿出了一张灰灰的明信片，在明信片下面，有一个19世纪风格的信封。"在哪里看过？"我心想，"这不是……"我不太想再打开这封信了。但由于好奇这家伙会写些什么，就不禁拿出了这封信，可我看到的，却是一张白纸，对，白纸，还能怎么来评价？白纸——确切地说，上面还隐约有几个潦草的字："去找泰勒医生，我们开始の比较"。我看向宠物，心想："我怎么会舍下它们去美国呢？"我再看看信封里，却看见里面整齐放着五张宠物机票。公司有培训放假的时间，总也够了吧！

那个人小时候学习不好，为人比较随和，很久不见了，不知是不是又变得很古怪，但做事好像又细致多了。

但是，就在现在，露丝跑了出去，但停在了那里，她看到了，或嗅到了，还有那潦草的落款——梁小沛。

这是一个令人迷惑的开端，梁小沛是谁？泰勒医生又是谁？五张机票是哪儿的？

为什么当有的事在自己身边发生时，总是无法清楚地理解？我想着，试图想起梁小沛，我走上飞机，似乎记得梁小沛是我的同学，可能比我高一个年级，但从名字来看，一定是个中国人才对……

我想不到了，记忆中梁小沛学习成绩一般，或者可以说不好。长相也一般，不记得了。他善良？他特别？他古怪？他是谁？不知不觉中，我开始了思考，我之所以上飞机，我想看看他是什么人，"开始の比较"又是什么？

他有可能是我留学时认识的，有可能是小学认识的，中学认识的，还有大学，研究生时认识的……

在飞机上睡一觉就好了，可我睡不着啊！太怪了，这种同学，为什么会来找我？伴着绵绵细雨，飞机起飞了。我希望，丢弃已久的记忆，可以找回来。

飞机上的漫漫十二小时，我只睡了两个小时，之后就一直没睡，看完了两本书。我想，路漫长，有书相伴，是美好的选择。

下飞机才八点，美丽的早晨让人心动，蓝天白云别有一种美。

出了机场，我打了一辆出租车，我用英语说了明信片上的地址，到目的地看到的，果然是一个写着"泰勒诊所"的大房子。

我回头看看"五宠"，它们大叫了一会儿，又安静下来了——雍正急切的表情，莎士比亚渴望的眼神，空印的吼声。我的脚步，是这样的快，到底是怎么回事只有走进去才会知道，我快速地跑进去，是的，真相在里面，转眼就看到了，飞快的脚步，加上我的好奇心……

当我敲第一次时，门开了……

走进去，里面同一般诊所无异，只是，他们住在二层，我自然没法去那里。相比一般诊所，泰勒医生的诊所的装饰华丽了一些，大概是因为位置很好。

开门的是个女人，她皮肤白嫩，深灰色的眼睛和棕色卷发看上去可爱极了。

在门一旁，站着一个华人，我猜，这个人可能和梁小沛有关。没等我问，他就自己说了："我就是梁小沛！"定睛一看，只见他身高六英尺，完美的身材，眉清目秀。

"这是泰勒医生吗？"我用流利的英语问她，梁小沛急于插嘴道："这位是泰勒夫人……"我问道："你是她的保镖吗？""其实……"

泰勒夫人立刻说："我叫珍妮·爱丽丝！"她用带着拉美口音的英语说，"珍妮·爱丽丝·泰勒夫人。"

"泰勒夫人，为什么老打断梁小沛说话呢？"我开门见山地问。"呃，其实，是泰勒医生把梁小沛请过来的，你知道，如果一个人去，梁小沛会很无聊的，所以他就请梁小沛写了一封信给你。如果他写给你，自然你是不会来的，对不对？"她的声音温柔细腻。

"他叫什么名字？"梁小沛问，"詹姆斯？汤姆？哈利？"

"亨利呀！"泰勒夫人一脸惊讶，"亨利·泰勒！"

这下，我开始了沉思，件件事情在脑海中飞过，整个大脑似乎都在查找亨利·泰勒相关的记忆，似乎想起些什么了。

整件事情似乎快水落石出了，可想想却还谜题重重，"开始的比较"是什么？为什么我们会在这里？泰勒医生为什么没来迎接我们？为什么我总隐约想到些关于梁小沛的事？

我忽然想到了什么，竟和梁小沛异口同声地说："你是我初中同学！"我忍不住大喊，"你就是……"

第五章　古城仙踪

（一）

为什么泰勒医生会神一般地离开呢？他为什么把我们请来呢？他为什么不亲自来解释一切都是怎么回事？谁能解释一下？不知为何，我突然觉得泰勒夫人语调中有几分傲慢，却努力想掩盖住。听她柔和的音调，出于好奇心，我还是忍不住问了几个问题，她眨了眨大眼睛，微笑着说："我也不知道，不过，请你叫我珍妮或爱丽丝好了，完全不用出于客气来叫我泰勒夫人。"我不好意思再问她问题了，看来她什么也不知道，但是，为什么，为什么我们会在这里？珍妮那双大眼睛眨一下就能迷惑全世界了。

我走进房间，现在已是深夜，我却一直在回忆关于梁小沛和亨利的事。第一次见到亨利，是在初中，他和我一个年级，那时我表妹阿妍和他一个班，依莎妍比我小 8 个月。每次放学后都会见到他，很爱说话的他总会找和他一个小区的依莎妍说话，每次他总会说很多关于学校中他最崇拜的，也是和他关系不错的、大一年级的梁小沛。

我们从没见过梁小沛，只是听亨利说过。在亨利心里，梁小沛似乎是个没有缺点的人，至于依莎妍，他一定认为是个活泼的小孩儿，也许此行没叫她，是为她的安全担心？我从没见过梁小沛，也许是听太多亨利讲的事了，这个梁小沛，和记忆中的梁小沛是不太一样的。

想着想着，似乎已经睡着了，在梦中，我看到了蓝色的天空，我带着五只宠物出去逛街，似乎，我有了想法。这时，我似乎想到了什么，对啊！五只宠物有方法吧！也许，露丝可以爬树，而雍正阳光大胆，空印是沉着冷静的，它们可以帮助我很多呀！

我在甜美的梦乡中，得到了很多的启发，似乎，美梦一直在继续，没有人来打扰。

（二）

今天早上，我是被吵醒的，是什么？似乎珍妮还在睡觉，而梁小沛却已经睡醒了，我想他一定知道了什么。

"我猜唯一能见到他的方法，"我说，"就是去找他。"梁小沛却说："有可能等病人出现也是个方法。"这是什么方法！

这真的不算个方法，或许，亨利根本不希望我们来找他？

"你妹妹是正武的女朋友？"梁小沛好奇地问，"正武，就是说小咖，他们现在怎么样了？"

"年级级长竟这么八卦！"我愤怒地说。不过实话说，我一直想见见这个级长，不懂为什么这么多人崇拜他。"你当时人缘为什么那么好？"我又问梁小沛。"我刚刚开玩笑的。"梁小沛说。

我看看梁小沛，眼睛很大，鼻子很正，樱桃小嘴，完美的身材，管理能力强（听亨利说的），这也许就是他人缘好的原因。

经过思考，我还是跟梁小沛说了："我们必须和珍妮合作，她是一定会知道些什么的。"不知为什么，我突然联想到了珍妮。每个人的背后，一定都有秘密。往往发现秘密的，就是空印。

没等我"低情商"地问梁小沛关于珍妮秘密的事儿时，梁小沛就说："只有一起找寻亨利的目的，才能有答案！"梁小沛露出不安的表情。我想，是这样的，我们也许回不了中国了！

声音从楼上传来，只见美女珍妮穿着运动服，棕色卷发没有散着，而是整齐捆在后面，一副高傲的表情，格外精干。她用温柔的语调说："运动时间到了哟！"看看表，现在正好8点半。

（三）

"所以，今天你们去哪儿玩？""还有得玩？""这里可是奥兰多呀！"

我根本不关心玩的问题，可珍妮什么都不在乎的样子，她永远是高傲的表情。但她的性格令人感觉可爱、天真。

"泰勒夫人"，梁小沛说，"到底是来干什么？"和珍妮相比，梁小沛就愤怒多了。他从来不去游乐场，因为里面的项目对于他来说太"女孩儿"了点。

"多转转也好，"我说，"如果不小心找到谁的话，也是很好的!"没想到,听了我的话,那两个人更失望了。"走遍全美国也不一定能找到他。"其中一个说。"哼!为什么要找呢?"另一个人说。

眼前风景是很美,但有一个人,我知道,一个叫亨利·泰勒医生的人无法看到,无暇看到那美丽的风景。

这一切是为什么呢?

他在哪儿?等待他?忘记他?在似懂非懂之时,如何寻到蛛丝马迹?我希望,这不是一件简单的事,不然到头来,才发觉自己无知、愚蠢,多么生气呢?

走在乐园里,大家都心事重重,是啊!我们是乐园里少有的、没有童真的人。

就在这时,珍妮突然说:"我真的担心,非常担心他叫你们来的目的,他——亨利说,他要出差,但如果他真的出差了,就还有三种情况:一、我说谎了;二、梁说谎了;三、少女(我)说谎了。"我却说:"如此一来,还有两个人说谎,三个人说谎的可能性。但是,我一定没说谎。"

"因为认为自己清白,所以一直躲着这个话题。"珍妮若有所思。

"给我那封信上",梁小沛说,"落款上写的是珍妮。"

这时,路过的一个少女露出了邪恶的笑容。

(四)

"你们是谁?"少女问道,"我叫林莎(Lisa),你们在干什么?"

听到这口流利的英文,我吓了一跳,这是怎么回事?"我在干一些私事,不要来找我们了好吗?"珍妮说。我打量了一下林莎,她不是特意笑得邪恶,就是说,她人长得有点特别,或者用奇怪来说更合适。她把头发捆起来，梳着一个乱乱的马尾，一头茶色的头发，眼睛大得让人背后发冷，从远处看，可以轻易地看到她头的骨头形状。

她长得这么可怕，再一笑，样子更似一个骷髅。

"林莎，别来烦我们好吗？到一旁找别人去吧！"珍妮生气又不耐烦地说，"我们正在找人！"

"找泰勒医生吗？"林莎又一次笑了。不过真心希望她能不总笑，样子真的很吓人。

"她经常找泰勒医生来看牙，所以我们都认识她。"珍妮小声地告诉我和梁小沛。

"你见到他了？"梁小沛说。那一刻，林莎的脸白了很多，她说："30分钟，不对，大约一小时前，我在巨王过山车那里看见了他，他手里提着一些白色的皮箱，大约往出口方向走了，园区这么大，一个小时大约刚好走出去。"她再一次露出牙，笑了起来。这一回，我忍不住了，用英语说："Can you stop laughing? 你要说清楚他——亨利·泰勒到底在哪儿。"林莎停下了笑容，她说："一口气说完是可以，只不过，你们能不能别再问奇怪的问题？我可不想回答这种我不知道的事。"林莎用手把头发梳顺了，向远处看了一下。

"这个嘛，泰勒先生走得慌张，怕有人跟着他似的，我真的不知道，到底发生了什么。"林莎一脸无所谓的眼神。

"你知道的已经很多了。"梁小沛一笑，格外英俊，"你是我见过的最可爱的女孩儿。"通过那英俊的一笑，我却发现，想摸懂人心好困难，有时，一切答案都只在一个笑容下，却看不到……

第六章　如梦初醒

（一）

阿妍说过，她认为，人心似水，欢乐之时，就会涨潮，激动时，浪就会滚滚而来，看书或听课时，心就成为平静的江面。她说的时候，双目紧闭，在想象平静的样子，通过那白嫩的眼皮，我直视阿妍的心窗，看到的是波光粼粼的江面，阳光透过江面，清澈见底，江面如同一面镜子一般。

可是林莎与梁小沛的笑在我脑海中久久挥之不去，人心不是水，阿妍终于还是错了。阿妍还太小，小小哲学家的解释不一定正确，她经历的还没我多呀！人心，只是一个现实的东西，不得加上什么浪漫的想象。人心其实是一块沼泽，人们见后避开，无人通行，我自己若是一条鳄鱼，才可顺利通过。

想到这里，我突然猛地睁开眼睛看向出口处，如梦初醒。是的，梁小沛他们去找泰勒了，人心真怪，没有谁有做事的原因，他们能找到泰勒吗？答案未知。我不抱有希望，但是，直到刚刚，我突然发现，一些动物能穿过沼泽。

对呀！我什么时候把我那五宠给忘了呢？"佳佳！"我大叫，"露丝！"只见在过山车一边午后的夕阳下，露出了一条狗尾巴。"莎士比亚！"我又叫了一只宠物的名字，同时向前迈了三四步，这回它们可算是听到了，它们闻声而来，几步就跑了过来。这是真的吗？我需要靠这几只宠物来找到目标？整整一个下午都找不到他，就算有五只狗又怎样呢？我当时真是这么想的，只不过，出口处不远的地方，传来惊叫。

我赶快跑过去，不忘记用狗绳拉着五宠，可是，我们看到的却是一排小字，在树上贴着。是时候把它们亮出来了——雍、佳、空、露、莎。

（二）

"You want to find me? Do you know you are breaking your life, J?"我忍不住大声读出了这张纸条，"J? Jane? 简？珍妮的简写（小名）应该是"简"吧！""够了！"珍妮大叫，"你们说我还不够吗？怀疑我不够吗？我不知道！"

"亚当·J. 梁，"梁小沛说，"我叫这个名字，但很明显，这张纸与我无关，我的人生不会被他利用。"

看着他高高在上的神秘面容，我就气得很，可想到五宠，我就觉得脑门发烫，五宠是我的全部人生吗？答案——是的。

"J是简吗？"珍妮自问自答，"J不是简，而是……呃，就是J！"

"英文里哪有不重名的事？"梁小沛笑笑，"只有泰勒知道他自己指的是谁！"

手指轻轻一提，我立刻把小条取下来，我把它小心翼翼地收到了我的钱包里。

"空印！你要去哪儿啊？"好像刚才没注意到，珍妮的脸色发白，嘴唇毫无血色。我立刻转过头，只见空印飞奔向了人群。"咱们走吧。"梁小沛来到了我们身边。"等一下好吗？也许空印找到了什么。"我惊讶地发现珍妮竟在我前向梁小沛提了一件事。"它来了。"梁小沛皱了皱眉头，接过空印嘴里的卡片，上面写的是一个名字，这是一张名片，上面写着：林莎·简·福西特电话：＊＊＊＊。后面的我也不想看了，只是，简，这个字太闪亮了。我真希望上面写的是其他的什么，现在这简直像一张白纸！迷茫，面对消失的回忆，面对无法通过的未来。人生只能是这样吗？空白的卡片，历史为何？未来又将如何？我走着那迷茫的路，面前是道路？我将去往何方。人生，仿佛只能是这样。

"错过了，就不能再回来了。"梁小沛说。珍妮脸色红润多了，现在看来。林莎的全名让她红润了？还是因为梁小沛的安慰？她是有秘密的。我们就这样走出园区，也许是找不到泰勒了。"呜……呜，天啊！"远处传来了阵阵哭声，可是，哭声却慢慢变了，变成了尖叫。"可怜的孩子，他父母竟把他放到了穷人区！这里多么危险啊！"珍妮同情地说。

那个孩子仿佛听见了这句话，跑了过来。

（三）

"你们一看就是我的客人呢！"一个金色头发的少年走到了我们面前，看上去十二三岁的样子。他上身穿着白色的正装，下身却搭配着一条牛仔裤。

"珍妮，梁小……呃，你们去星座咖啡馆吗？那里很优惠的！"他一脸正经地说。"那里是一个只为穷人准备的娱乐场所！""可是，这是……""你带他们去！"珍妮尖叫的声音在这里听来正常一些。

"听她的声音快要哭了噢！"少年说，"嗯，我叫尼普，我开了那家星座咖啡馆，可以去喝哟！"珍妮头要气炸了："你'开'了一家！哈哈！真好！太牛了！你厉害，你厉害！"珍妮说完转身就走了。"别走！"梁小沛很着急地吼着，"你能去哪儿啊！"珍妮在十字路口站下了。我吞了吞口水，进到了"穷人"的区域。

里面，是什么样子来着？我忘了……十字路口代表什么？我想到了什么？人生的十字路口，唉！下雨了。

"快点！去躲雨！"我大吼。

走进咖啡馆，真是另一番景象。淡淡的咖啡香味。馆内绘着十二星座的图画，哇！在穷人区很少有这么精致的咖啡馆。这里除了快餐店就是快餐店，这么高雅的咖啡店很少见，也许这一家可以说是这里唯一的啦！"小姐是什么星座？"尼普问。"巨蟹，"我说，"你这里能赚到钱吗？"尼普笑笑："当然啦！人们喜欢这里！"

"对了，先生是什么星座？""天蝎呀！请坐这里！"

我和梁小沛坐下来了。窗外乌云早已转晴，这就是美国，下雨和雨停都很快。咖啡和米饭来了，上面画着天蝎的图案，"好可爱啊！"我虽然心里想的是：看起来好好吃，但说出来的却是这句话。很快，巨蟹"套餐"也来了。

这是，根据星座图标设计的套餐，创意真好，这里真是世外桃源。

十字路口又下雨了。看着露丝的紫色毛发，世界这么神奇。谁会控制别人的回忆？往往，人们连自己的回忆都无法克制。

第七章　阴阳互换（梁小沛视角）

（一）

我坐在那里，吃着天蝎之饭，我装着很悠然自得，可是心中却忐忑不安。少女呢？她什么也不懂吧！

"梁小沛！"她心不在焉地说，"回忆，什么是回忆？"我一下子愣了，她打破了刚才我的想法，这正是我前天想到的。林莎也许知道什么，我会用我最"帅"的笑容回答的。"放心，"我笑着说，

"我不会轻易告诉你!"我忽然想起来什么,对了,一个可以操控记忆的人,谁啊?

"林莎·尼普,天啊,我们待会还要再见一个人,我在这里留学时认识的。"我学着林莎的样子做了一个"鬼"的微笑。"曼特莎·劳伦夫人?"鬼知道尼普怎么听到的,这句话几乎让我的心碎了。她——曼特莎·夫小姐,也许现在姓劳伦了,但她是呃……我们那里最有学问的女硕士了,她聊天往往让人往她知道的方面靠,至于其他的,我真心不想见到她——一个方方面面都比我们强的人。

"你好啊!"她的眉间和眼角有了些皱纹,眼睛却是明亮的,大概她经常来这里,大家对她很熟了吧。

你想过吗?下雨的十字路口加上奇异的朋友,再加上精致的咖啡馆,这一切同宁静的英国有多像吗?

所忘却的,所放弃的,本来就不能再次回归。只能够用思考和观察弥补吧。

"其实,和泰勒有关的事件只有这些了。"曼特莎撇着嘴说。

"哼……呃……"她又歪着头思考了,"也许没了吧。"说完她就去找劳伦先生了。女孩,她还没反应过来,她好天真。我现在醒悟过来——现在这一刻,将会存在永恒的回忆中,也许一年、两年后,我们会再用力回忆现在发生的。一切,不会真的要顺其自然吧!还不如——把每一刻发生的事记下来呢!

现在这一刻,将要永恒不得重现,"现在"也只是当下这一秒,随后终将成为记忆的一部分,也许,我们才要珍惜现在吧。莎士比亚,那只泰迪,又跑了过来。狗狗的目光可以如此单纯,那一刻,我仿佛看到了天堂。

在奇特的美国,和奇特的朋友们一起,探索奇特的失踪事件。

似乎此后，再也无法重演这些故事了。

这一刻，我听到了尖叫……

（二）珍妮视角

从某一刻开始，人生变得不平凡。我叫珍妮·爱丽丝·泰勒，希望我还能再成为一个平凡的人。

渴望出生，渴望死亡。站在下雨的路口，我看着眼前的咖啡馆、精致的设计、开心的人们。我发誓不会进去一步的。我重重地吸了一口气，泪水却不住地掉落。人生所丢的物品很多，不是吗？但什么人会把一家店弄丢，真是让人笑掉了牙齿！现在，女孩让空印看着我，陪伴我，但真正的灵魂方面却有谁在陪伴我？看着咖啡馆，我默默地说："我爱你，我爱你！"接着进入我视线的是空印冷静的大眼睛，我希望永远看着那大眼睛，令人心中欢畅！少女和我说过，"我养它们，不是为了操控，而是为了寄存我的心。""爱吧！爱下去！陪伴我，不要让我被回忆吞没！"我对着空印的双眼许了一个愿望——我唯一的希望。

人们说我说话有些傲慢，也许这就是我，别改掉自己，梁小沛对我说过。我没说过我的身世，这一章，我们就谈一谈吧。我真的不希望有所隐藏，只是，我究竟有什么过去呢？尖叫声，我受够了，如果有机会，转移所有人的注意力，互相必要的信任再一次回来，证据，真的那么重要吗？

慧眼，明天，光明，总会再次回来的。为什么会这样？如果我没记错的话，生命源于这个十字路口；灵魂，源于空印的大眼睛，若生命存在，十字路口的影子再不会逝去。灵魂——空印的眼睛。

"十字路口的灵魂需要安慰。"我似乎回到了那时的感受。那时，我的手指向天空，这个很孩子气的动作，却还是让我记忆深刻。咖啡馆，我那时真的一下子起了这种想法。我看向身边的女巫，她就微笑点点头，当然，那时是一段特殊时期，家族信仰，需要建立一个招待灵魂——凶手灵魂的地方。曾祖母就相信这一点，这时她说天气变冷了，杀手幽灵将参加某一宗谋杀案。我心里突然有一种寒冷的感觉，但却还是那么不真实，现在是夏天啊！就算在冬天，有一个节日，犹如那一盏灯，点亮了冬日。

这一刻，我突然感受到了寒风，夏日里的寒风，难道是——亡灵？但是我不会相信那种猜测，不过，我却被曾祖母认为是家族继承人。等等，那是什么声音？尖叫？

（三）

"空印，在吗？"珍妮叫了起来，"你听到尖叫声了吗？""呜……呜……"空印往后退了几步。珍妮一边用手去抚摸，一边轻声说："怎么了？发生什么了？"珍妮似乎看到空印的瞳孔变红了。"尖叫是从哪边传来的？"一个低沉的声音从……身后……传来了。"梁小沛！"我跑了过去，"声音是从那一边传来的！"

"真的有尖叫声！"珍妮皱了皱眉头。"走还是不走？"梁小沛柔声问，"去看看发生了什么。"忽然间，我看到梁小沛拿出了一个小本子，就是侦探平时用的那种。"总结一下，"梁小沛说，"我们找到了林莎，尼普，刚刚还去见了曼特莎·劳伦夫人，以及劳伦先生。"说着梁先生一手把本本放下，另一只手记录下来一些东西。

"真像一个侦探啊！"珍妮看了看梁小沛。"不，不，不，这是用来参考的！天蝎座嘛。"梁小沛解释说。"处女座就和应该有的

性格一样吗?"珍妮说,"我明明没有洁癖!""走吧!"梁小沛说:
"去吧,看看发生了什么。"我一边望着,一边抱起露丝。天空仿
佛也变了,蓝色的天空透过稀疏的枝叶直射到了我们的心中,仿
佛摇曳的草叶与我们的心灵碰撞。"急雪乍翻香阁絮,轻风吹到胆
瓶梅,心字已成灰。"不会,我们的泰勒先生消失了,内心里也和
纳兰诗中那样无根,无归属感。是爱?是恨?兴奋?快乐?结
合吧。

"珍妮?我想这个是你的吧!"事到如今,林莎必须再次出场了,
以为,就知道尖叫声和她有关。又是一封,呃……一张白纸?"这怎
么会是我的呢?"珍妮好奇地问。这时,珍妮的头发和阳光汇成一束
光环,照在十字路口边碧绿的草坪上,不知是金发还是阳光,汇集
在梁小沛的脸上。不过,他并没注意到,他看着纸张,似乎想到了
什么。不过,他又皱了皱眉毛,否定了这个想法。

突然我灵光一闪,产生了一个想法。"你推理小说看多了?"我
忍不住去问。忽然,又是一种悲痛打击了我。别问我什么事,我不
想回忆,这是秘密。什么思想早已不重要了,你们又怎么解释?有
时,时间变得模糊,汽车驶过,撞掉碍事的树枝;妨碍的人,将要
离开,多余的人,也会离开。"我希望是的,可是,林莎真的好……
奇……你懂的,不过你是怎么想到的?"梁小沛立刻回答。我却说:
"你不懂的。"

(四)

梁小沛笑了,是那种神秘的微笑,他这样很帅,而现在,我却
感到恐惧,不过,有什么可恐惧的呢?阳光,如同雨水洒到了我的
心里,洒进了我们的未来。时间,可以重来吗?据说时间是高于一

切的东西，可是有时它会偷懒，从我的内心世界出发，时间可以是一把钥匙，打开别人的锁。但是，时间却又是一把锁，让人锁住自己，如果这是时间的错，不如说是你自己的错，因为有一天，你自己也会解不开的。放弃吧，放弃在现在的情况下就是抵抗，好让自己忘却呀！这样，视时间为空气，不在意每一个皱纹，无视时间在我们身体上留下的疤痕，那么，时间也不会再对我们怎样了。

"其实并没有什么，我想，灵魂就是永恒、高贵的，我要去见识一下，嗯，那种高贵的生灵，去博物馆吗?"林莎用手卷着头发往珍妮那里看去，她看了看珍妮，林莎的眼睛里似乎注入了无数种感情。珍妮瞪大了眼睛，她的体温似乎一下子上升了 10 摄氏度，接着，珍妮的眼里充满了眼泪，那种痛苦的眼泪流了出来，她立刻倒了下去。

我和梁小沛当然是急忙跑了过去，梁小沛将珍妮接住了，珍妮一头靠在梁小沛的肩上，头发扫过梁小沛的白色 T 恤，当我想指责林莎时，却发现她正微弱地呼吸着，背靠着石柱，她笑了："现在，我们能去博物馆了吗?"那么恐怖，也许，她是一个骨瘦如柴的凶手，她是多么奇怪呀！

"珍妮，你没事吧?"梁小沛看着珍妮，珍妮睁开了眼睛。她的大眼睛泛出了几滴液体，那是什么?"我知道林莎是谁了，"珍妮说了第一句话，"我想，我们去博物馆吧！看看林莎会发生什么事吧。"我细细地品味了一下，对了……如果是这样，那么，我觉得，我得和他们讨论一下。

"梁小沛，你当时想到了什么？刚才我才突然联想到这张纸上面也许写着什么。"我把纸放在阳光下，猜猜我看到了什么?

第八章　死亡钟铃

(一)

在车上，我看着窗外，不禁感动了。我想起来，以前我说过珍妮有棕色的卷发，后来我又说是淡淡发亮的金发，最后我发现，我错了。她的头发在阳光下也许闪闪发光，散发着让人心驰神往的性感芳香，这种金色不同于其他人的金色，那是另一种魅力，给人一种透明的感觉，那么，在室内，她的头发就是棕色，呈那种贵族感，我相信很多女孩会羡慕她，可是……在现实中，这样很奇怪，为什么我有一种感觉，在那种灿烂的金发和波浪般的棕发背后，好似有一个色彩缤纷的故事，她头发的感觉……让我联想起类似的事物，比如说……

我立刻看向了那张空白的，谜一般的纸。在阳光下它透出一排闪亮的文字"I want the song……"大概还没有完全暴露出来，也正是这种神秘让人想到了某种"发型"，也就是说，如果这和发型关联起来，给了我们什么提示，在不同的情况下……

"我懂了!"我说着，靠近了梁小沛，便将纸递给他，"你的打火机呢?"梁小沛眨了眨眼睛。"我想博物馆也许不让带打火机，所以我也没有带啊!"他说着，用修长的手指拿起纸张，放在阳光下，他摇了摇头，"你早就知道了吗?"有时候，我真的后悔自己问得太细了，我想他不可能早就知道啊!"她不可能是一个'正常'人"。梁小沛看着我，一个字一个字地说出了这句话。我看着他的眼睛，竟能感到自己是多么的无知!"我用不用给'正常'加上引号?"看着梁小沛的眼，我早就知道了答案——不用。

"你的眼睛真是个宝藏！"我笑着说。"我也能从你的语言中在意你的眼睛。"梁小沛说，过了一会儿，他笑了："我看到了——自由，自信。"对了，忘记说了，打车时，我和梁小沛打的是同一辆车，珍妮和林莎坐同一辆。幸好如此，不然林莎听到我说她那张纸时会怎么想。

但听到梁小沛说的两个词以后，我开心极了，因为这两个词别有意义，也许代表人生该有的态度，又或许是他的价值观的概括。生命是可爱的，是美的。但这种态度是有些人一生也求不到的。

（二）

"到了，到了。"司机先生不耐烦地说，"六十块钱，快点，别这么慢！"

"好了，好了！"梁小沛从钱包中掏出了五十元，"我记得上次是五十元嘛，我这一次只带了五十五元，那五元我可给不了！"

这时，司机让我们下车了，嘴里小声说着，"真是的，如果我再多一点点时间是绝不会让你们这么欠钱的！""要不然加一下电话？"梁小沛问。司机说："对了，我还要去博物馆，卡莉普菲·德加埃尔莉亚博物馆，是这样叫吗？"司机看了看四周，点了香烟，"那是个奇怪的博物馆，因为那里信奉奇特的宗教，那里，只有这种东西……不过那里可以露营儿夜，这点很赞，去一去也不错！"

也许这就是缘分，我们给了他一张多余的票。我看着窗外，忽然感觉有种冷气直逼上我的心头，难道，这是第六感？可是想着想着，忽然发觉奇特宗教与林莎，真的可以合二为一！汗水也许流过了我的脸，实践才是重点，直到最后一刻，绝不放弃。吹着窗外的寒风，快到冬天了，我不自主地担忧起来，在寒风下的担忧，是的。记忆无疑不会被更改，林莎和这博物馆只是线索串的一条，我看到的却是一团乱麻。

走进馆中，走进人生的下一章节，才会看出一点线索，但记住，每一刻，每个环节全都是一串线索中小小的一部分，不能太看重，却不能不看清，奇怪的是，看似很大的一件事，在线索串中也许很小。并且，要看清的是：线索也许作用小，却不会毫无作用；可以作用大，却没有能解决一切的线索。还有一件事，也被印在了心里，但不到时机，我不会说出去的。忽然，我发现宠物们最近很乖，非常乖。我一手放下包，另一只手抱住雍正，亲了亲空印，看了看佳佳、莎士比亚。露丝"喵"的一声叫了叫。

我看看它们，好想笑一笑，我轻声说："放飞自我的时刻到了，希望自由可以伴随你们。"梁小沛看到后露出"邪恶"的笑容，仿佛世界是他的了，他思索了一下，说："孩子们，放飞自我吧……"

（三）

"现在就扎营吗？"我看见珍妮一脸愤怒地问，"你们这么晚到，一见面就开始扎营，真没劲！"

梁小沛白了一眼珍妮，说道："照你这么说，见面打一架才对啊？"他说完后接着干活。

我看着远处，顺着灯光的方向，司机先生正在吸烟，我认为，吸烟是很无聊的，不过到底现在应该干什么呢？梁小沛也许认为现在得开始扎营了，如果问珍妮，她就觉得应该去看一看别的地方，这样就能节约很多时间，可以多学一点东西。这的确是很好的想法，不过，我很想知道珍妮为什么不自己参观，为什么梁小沛不自己扎营。这看似很简单，很好回答，其实到底是为什么呢？这却又不好回答了。

"你说得对！就该听你的！"珍妮坐下来了，她的手轻轻敲打着小腿，微笑着望着我，我大吼道："应该和珍妮一起去参观嘛！"宁静过后，我双眼平静地望着梁小沛，可是，忽然，梁小沛两只眼睛中闪过了一丝其他的东西，但是他立刻又收了回来。我发现，如果长期盯着他的眼睛看，可能就会看见这种东西，也许只是个人习惯吧。没准儿也是先天就有的，我发觉一切后天习惯其实和先天都是有关系的。比如有些人因为先天眼睛有问题后天就有眨眼睛的习惯；有可能因为牙不好，就有抿嘴的习惯；也许你身上有异味，就有喷香水的习惯。似乎越来越接近梁小沛的习惯了……哪一个才是线索啊？我越想反而越糊涂。不过想想，路还长啊！何必如此计较这些细节呢？

"就听珍妮的好不好？"我问道，"不管对不对其实都应该达成一致。我们还要先交票，不过一定不能拿错，嗯，不过先要交票。"我发现我的啰唆和没想好就说话的习惯又开始暴露了。"走吧！"珍妮跳到身前，梁小沛冷不丁地跟了过去，冷冷地跟着，我看着他们想了想说："过来吧，露丝！梁小沛，我就让它们帮你啦！"我抱着露丝跑了过去。回头望去，竟看到雍正均匀的呼吸伴着空印嘴里的铁丝，它们正顺利地"合作"。雍正、佳佳、空印、莎士比亚合作起来，注定不凡吗？

"林莎呢？"

（四）

绿色的梦魇，我以为那是坏女巫，那是坏王后，那是伏地魔，那是美杜莎。我错了，阿丽姨告诉我，绿色就是坏人的标志。不，那一刻，我看到绿色，明明是绿色，看到后心中刺痛，可下一秒……我眼花了吗？没有人是对的，没有一定，不同的地方，人就是不一样啊，仿佛伏地魔到了《白雪公主》中也可以扮演王子。

"林莎！"我们终于找到她了。她的眼中闪过一丝绿光，她回头看到了我们，之前她一直在注视着那个展品。那个是什么？一个透明的玻璃大柱子，里面放着一个小小的方块，看起来差不多四个铅笔盒大。在里面冷冷清清地躺着，看着既奇怪，又恐怖。林莎捂着一只眼睛大叫："快让开，我去一下卫生间！"不过现在我也想去一下卫生间，可珍妮却说了："我也要去，怎么走啊？"她边问，边走到我的身边说："你不想看一看她要去干什么吗？"忽然，她开始注视着那个展品，"珍妮？"梁小沛疑惑地问。这时，珍妮看了看梁小沛，"几点了？"我觉得现在应该至少7点了，已经看了4个小时了。露丝"喵"了一声。珍妮恍然大悟，说："该去了吧！"我还想去卫生间呢！打完招呼之后就去了，走在路上，我心想，林莎到底在哪儿啊？终于走进去了。

出来后，我竟然看到了林莎，我轻轻跟在她身后，她身子一转，我就也轻轻一转，我心暗喜，她也没看到我。她的头发是黑色且发灰的，有些透明的感觉。我在墙边躲了起来，只见她脸色不好，用手捂住了肚子和胸口，身上散发着一种古怪的气味，可以说是香水味，也能说是血腥味、古墓里的味道，也许她从那里偷了些什么，林莎继续往前走，这时，她身边出现了一个少年，这不是……这不是尼普吗？他比上次长高了三四厘米，看起来更像一个十五岁的少年，成熟了许多，让我以为上次见他是很久之前呢！林莎把我手挪开了，尼普让林莎抱住了他，这看起来很正常，就是一个姐姐抱住了弟弟，弟弟又挣脱了。我却认为我看出来了点什么。过了好一会儿，我才跑过去，大叫："林莎，林莎！等等我！"我跑了过去。我早已算好了时间，假装自己什么都不知道。她的脸色还是很差，手势还没变，但她却强颜欢笑，说："走吧！"我笑了笑："看看雍正、空印怎么样了！"

（五）

"你们终于回来了！"梁小沛望着那边。现在这里温馨多了，我刚刚在馆内昏暗的灯光下看到了那惊心动魄的偷窃后，我真的该休息一下了。"嗯，雍正它们做得还不错呀！"我惊讶地说，"还是多亏它们了。"我说着，坐到了梁小沛身边小声说："你相信……相信尼普会偷窃吗？你……你相信尼普认识林莎吗？"他思索了一会儿，看了看我，仔细盯着我看了一会儿，摇摇头说："不，我不相信。"我笑了，我认为这是一个很棒的回答，至少，我还是安全的，当然，如果尼普在身边的话，后果，应该就会很不好了。也许，那双眼睛，或许是绿色的眼睛，正在盯着这里，我想，也许泰勒先生就有绿色的……不，不行，现在我已经心烦意乱了，也许确实得休息一下了。珍妮现在也很疲惫，她美丽又傲慢，已经快要睡觉了。到底几点了？看看表，我发现现在已经九点半了。我觉得现在睡觉，不算早了，就走过去说："珍妮，我们可以去休息了，反正我是要去。"只见珍妮打了一个哈欠，随随便便地说："我也去，哼，他们爱去不去吧，我们去！"她头发一甩，看了他们一眼，走了。"露丝！雍正！空印！佳……"我叫它们也跟着一起走。珍妮的头发在这一刻又棕又金，在淡棕色中露出一块块金色的透亮。时间如果可以在这一刻停止多好啊！当积雪落在时间上，雪白的一片，难道不会把时间融化？这雪还是在不停地下，我们的心灵却被融化了，唉，生命在最清楚时，却又最糊涂。或许，当外界认为你糊涂时，你可能是最清醒的。因为，生命是在变化的。我们无法确认很多的事情，如果努力思考，努力试一试，总有可能会一点点接近真理。现在这一刻，没有人是对的，或许也没人是错的，我们回到了原点，毫无头绪，也无法站在巨人的肩上，问君能有几多愁？恰似一江春水向东流……"你，发什么呆？"珍妮问。

（六）

"唔，晚安！"但当我看到空印、雍正、佳佳的搭营成果后，就心不在焉地回答了珍妮。嗯，几乎比其他组装都精心，几乎可以得到满分，它们照着图，做得很好。

"我们去宠物们搭成的那一间'小屋'睡觉吧！"珍妮嫣然一笑，"晚安啦！"我很高兴，珍妮现在变得很可爱，没有那么不近人情了。我轻轻走过去，"让我先换衣服吧！""晚安啦！"珍妮和我各自换完睡衣后走出那个"小屋"。对，那个是专门放衣服的。你敢相信吗？这一间小屋就是在一个下午，由四只宠物搭建的！我真的为佳佳、空印、雍正和莎士比亚感到自豪。

"就那一间吧！"珍妮嫌弃地说，"真是的，上次挑的竟只是放衣物的屋子，怎么这么麻烦！"

我就这样听了一路她高傲的评价，这种人真的好烦。她就是必须被人宠爱的人，不然她就会感到生气。"所以啊，我就把这一张纸撕下来了，可是，总是有些奇怪。"

"对了，他……我是说，泰勒医生，他那一次把纸条粘在了树上？"我两只眼睛呆呆地望着珍妮。"没错，怎么，你忘了？"珍妮好奇地望着我，她的眼睛，还是这般让人心寒，寒流流入我的心田。眼前灯火明亮，映照在一件件博物馆的展品上，在我看来，它们明明就是没有价值、古老的占卜，再想一想，卡利普菲博物馆，简称"普菲"，看起来不像"正经"博物馆，只是，里面的物品全都是神秘又古老的物件，"普菲"这个名字也诡异，这个博物馆外表又好似别墅，很是古怪。

"这个地方，我……我感觉很……很熟悉，又陌生，不过至少，我明天想一想，可以把这里的故事讲给你听。"珍妮钻进帐篷里，对我说，"今天真累，晚安！"

映着灯火点点，我看到了，光，仿佛在同宠物们游戏。明天，总是会到来的。谜，不可能永远存在。心中忽然一阵暖流，宠物们围坐一圈，不得不说，到现在，它们是对我最重要的。

第九章　2018 年 5 月 19 日　雨天

此时，倾盆大雨，早知道雨又会转瞬即逝。街头却没一个人懂得珍惜，他们躲在檐前，或匆匆驶过。我仍然不晓得自己去向何方。雨水，是世上大多数人厌恶的东西。人的额头上不禁爬上焦急的皱纹，好像在说："不！这雨，害得我哪儿也去不成了，它是宇宙最可怕的东西。"

可我并不这样想。我爱下雨，我爱雨点落在伞上的"滴答"声，我爱自行车胎在雨水中画出的清爽波纹，我爱身边因雨急行的人们，我爱空气中雨水和泥土融合的芳香。可我最爱的，还是下雨时，想到的，那个"梦"。

从前，有一个少年，他在一个草原上，那时，下起了雨，他认为自己迷失了方向。他茫然地望着四周，都是一望无际的草原。他抬头望着天空，雨点腐蚀了他的目光。只见天空中乌云连成片，一直延伸到天涯海角。他心头一惊，下意识地，不停地走着。可无论怎么走，总是同样的景色。"完了，"他想，"这样下去永远没有尽头……"他知道这样永远走不出草原，于是停下了脚步。

"轰——隆隆"他听到了轰鸣的雷声，哪怕打个闪电也好啊！可只有巨大的雷声，震耳欲聋。

"救我……"他暗想。于是，他就地坐了下来。雨水，似乎冲刷了他的记忆，他脑中一片空白。水腐蚀着他的记忆，他感到脑中的所有都被淋花了。他心中一片懊恼。

"有人吗？"忽然，他猛地一回头，感到有人在向他发问。然而身边并没有人。当他发现说这句话的是他自己，他感到欲哭无泪。一只耗子仿佛在他胸中闪电一般乱转。他的肝脾仿佛要炸裂了，"不！！！"他怒吼，他用尽了所有力气，要赛过这雷声，走出这草原。然而他渴望的，却只是一阵回声，那是唯一的希望。

他的声音被草原吞没了，他懊恼，他痛恨，他无助，他绝望，他迷茫。他精疲力尽了，心中的声音告诉他：来……坐下吧，看看雨。

后来，直到雨停了，四周却仍是无边的草原，他一无所有，无家可归……

尾　声

男主角现在正过着梦里的生活，他动不了，无家可归，雨水毁了他。他想念过去的生活。"回来吧!"女主角说。他的内心回答："我的心一直在那里。"

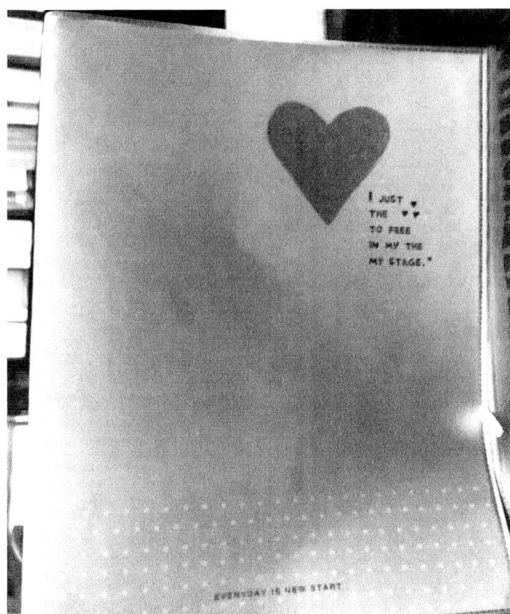

（写于 2017 年 7 月—2018 年 3 月，作者 10 岁时）

还记得那片黑

序　我是神

我踏着重重的脚步赶回家，所爱之人，何时能够再次见到？你到底在哪儿？

夕阳慢慢往西去了，一天又结束了。

你迷茫吗？谁又不呢？

我依旧留恋着阳光，明明知道分别只是一夜，却感到明天太阳再也无法照得如此美丽。

恋人面对黄昏，许下山盟海誓。

商人匆匆走过，想象未来会遇到的客户。

员工走过黄昏，感慨着一天又过完了。

"不，我不能错过它！一切一去不复返的，总是，没办法。"我真心不知道我在说什么，我只知道走出去。

走到花园，坐在草坪上，不，我又一次错过了黄昏。月牙出来了，满天黄色与蓝色霞光相交。繁星在空中亮起，渐渐清楚了，天空更美丽了。

试着问自己一个问题："你是谁？"

我回答道："我是神……"

第一章　仲夏夜之梦

那个女孩就这样轻轻地坐在草坪上。

"这么晚了，你在外面干什么?"忽然一个男生出现，女孩吓了一跳，然而，当她抬起头时，满天星星闪闪烁烁，她不禁皱起了眉头。那男孩倒是不着急，笑吟吟的，只见他长着一双灵巧的眼睛，眉毛又细又长，却很浓，一张鹅蛋脸，尤为俊美、秀气。男孩含笑道:"你人缘这么好，却又愁成这样，若不是因为你有雪白的牙、大大的眼睛、乌黑的秀发，我……早就不和你玩了!"那姑娘一张瓜子脸，配上乌黑的卷发，鼻梁又长又挺，两只水灵灵的大眼睛，双眼皮。此时的愁容，正好更映出她的美丽。那男孩微微一笑，说:"你猜我姓什么?"伊莎大小姐一看，"啊!你姓陆!"说着，她嫣然一笑。陆少爷走到伊莎小姐身边，轻声说:"你今天过得怎么样?"

"你什么意思?"

"啊，我是说……关于林莎（Lisa）……啊。"

"噢。"伊莎小姐叹了口气，泪水早已在眼眶里打圈。

"没什么的，"伊莎小姐强颜欢笑，"也许林莎，它已经死了，也只是一条狗，没……没什么……"声音渐渐弱了下来，她又一次哭了。"没事的。"陆少爷的机智在那一刹那消失了，他也不知所措。

于是，在这个仲夏之夜，陆少爷就这样陪在伊莎的身边，黄昏的景色被他们错过了，但他们还错过了什么呢?

第二章　成熟的懊恼

"你为什么要问我这个问题？干什么？"伊莎小姐冷冷地说。

然而，朝阳也正在跃出，能看到远处的光。"唉，我原本还在为夕阳懊恼，真是的，朝阳却更美丽，更强壮。"伊莎小姐叹了口气。这时，陆少爷打了一个哈欠，"你一晚上没睡，不困吗？"

"不，我只想做一件事，找回我最亲爱的林莎狗狗。"伊莎小姐坚定地说道。"你不过才十三四岁，为什么，这么想你的狗，又这么早熟？"陆少爷心想。

"你多大了？"伊莎好奇地问。

"16岁。"陆答道。

"噢。"伊莎道。

数天后，陆少爷来找伊莎小姐："我们好像是一个学校的啊！"伊莎小姐看了看，皱起了眉头，摇头道："不，我们不是。"

"噢……对了，你有没有看过《无人生还》？"陆问伊莎。

"当然了，这么经典！你在开玩笑吗？"伊莎点点头说，"是的，我看过。还有，《罗杰疑案》《东方快车谋杀案》这些阿加莎的小说，"伊莎笑了笑，又说："这只是小小一部分。"

"你说，林莎呢？"陆的目光始终没离开过草坪，没离开过狗屋，没离开过林莎的脚印。

"它很重要吗？"伊莎看着狗屋，心神不宁。"我知道啦！你想念你的小狗，想念一去不复返的过往，想到什么全是围绕着林莎的！"陆的声音令人害怕，却不免有些安慰自己的意思，这声音不住地抖。"失陪了。"他悄声说。

见陆少爷走远了，伊莎小姐嘿了一声，冷冷地说："谁想让你陪了！"说着淡淡一笑，声音更加冰冷了："一切果真如此。"伊莎却心想：倘若……倘若我比得上他半点潇洒那就……想到这里，伊莎顿时满脸通红。

"哎哟！你又在想什么？"郑娟望着伊莎小姐，"哼，我看陆少爷一定是看上你了！"

"那倒不一定。"伊莎小姐淡淡地说。

"你不喜欢他吗？他对你很好啊！"郑娟小声说。

"够了。"伊莎小姐轻声说。

"没用的东西。"郑娟皱了皱眉头。

第三章　再"日常"不过的日常

"这封信，"伊莎小姐看了看邮箱，"噢。"她立刻跑回了屋内。

"不，不会的，不可能，他……"伊莎看着这封信。这封信是伊莎的母亲写的，大概讲述了一些日常的叮嘱，然而，最后一句话，才是关键："哦，亲爱的伊莎清（伊莎小姐不想让别人这么叫她），你也许猜都猜不到，你们喜爱的'令'来到这个小镇啦！也许这封信到得太晚了！记得收下这 500 块钱！"

一般母亲一旦写信都是为了给钱，不过……这次写最后一句话的目的一定是不想让伊莎去找她。

伊莎什么都没想，忘记了对母亲这一封信的懊恼，忘记了"伊莎清"这个称呼，心里满是"令"，他现在该不会已经走了吧？伊莎忽然想起今天该买菜了，心中懊恼太不是时候了。

"我去买菜啦！"伊莎小姐大声说。家里现在只有她和郑娟两个人。太奇怪了。那封信让郑娟发现了就……伊莎小姐的心像被重重地打了一下。

"我最不喜欢郑娟了。"伊莎小姐心想。

与此同时，郑娟正在家中清理狗毛。

"谁能知道我的心意？"郑娟心中一片凄凉，"没用的东西。"她口中这样说，说得这般凶恶，却又用手背抹了抹眼泪。

"令先生，那个，有人现在在找你。"保姆赵夫人笑着对我们的私家侦探先生说。

"不了，告诉他们咱们打烊了。"令先生一脸厌恶。要说，他长得还是很英俊，但相比陆少爷还是逊色几分。令先生看起来大概不到 25 岁。

"其实……那个女孩，看起来好像是郑……郑娟。"赵夫人小心翼翼地说。令先生脸色一变，不过，郑娟长得几乎和伊莎一样，只是郑娟的脸没有伊莎那么尖，留了一头齐耳短发，像电影《这个杀手不太冷》里的女主角。郑娟可以说是伊莎的姐姐，长得比伊莎好看。郑娟的脸并不尖，但也算是瓜子脸，眼睛很大，但鼻子没有那么挺，乌黑的长发下肌肤雪白，闪着一种光，似乎是星光。

"如果是郑娟的话，你就告诉她进来。"令说道。

"好的。"赵夫人说。

"您是……?"赵夫人问。"我是伊莎。"伊莎快速回答，"伊莎清萍。"

"让她进来吧！"令先生忽然说道。伊莎清萍走进来叹道："我把林莎弄丢了！快，快去找啊！"

"没问题啊！"令先生幽幽地说。

"再见！"伊莎清萍说，她快步走出大门。令先生真的很不解，她来干什么？令先生，也许不知道，这一次，伊莎只要看看令先生，就足够了。

话说，这么大的城市，伊莎小姐怎么找到的这个侦探社呢？

第四章　那一次谈话

"哈哈！我看看……一头美丽的长发，哟！"从楼上传来一阵笑声。

"哼，陆少，早知道是你了，滚出来吧！"令先生冷冷地说。只见陆少爷笑吟吟地走出去："我说令大哥，得叫我陆少爷，别'陆少'长、'陆少'短的！"

"干什么？怎么了？"令先生仍冷静地说。

"那个，什么侦探奖，你想得，对不对啊？"陆少爷说道。"你怎么这么油嘴滑舌？"令先生皱了皱眉头，他不喜欢陆少爷。

"真是见鬼！"陆少爷一吐舌头，又说，"我竟然没拿到参赛名额。"

"所以……"令先生感到不解。

"啊……那么，我们……你一定想比一下侦探能力对吧，啊？"明显，陆少爷很紧张，"所以，我想，嗯……"

"干什么？"令先生眉头一扬。

陆少爷身子向前轻轻一倾："我要……做杀手，而你，就是侦探！"

然而，令先生那双深深的眼睛冷冷地凝望着，就这样……

"哈哈，这样这样，我让一个渴望杀人的杀手，去杀一个人，一个本来罪有应得的人，这是我的小杀手。而你……将培养一位侦探，你、我，都不能直接接触这个案子，如何?"陆少爷望着那深邃的眼睛，"我不怕。"

"呵呵，看起来你真把自己当成小少爷了。"令先生看着顽皮的脸，摇摇头说，"不，你还太小了，但……"令先生说到这里，叹了口气，又说:"太像了……唉。"

"你一定想比一比，对吧? 如果不比……你会后悔的!"陆少爷的神色正在变得严肃，"你会付出代价的，我想，你一定想完成令尊、令堂的使命，愿望? 如果你否定……你会后悔的。"说完，他拿来一张纸，"这是注意事项，我走啦，拜拜!"说完后，用了一招轻功跳了出去。

"真的很像……只是，你比他邪那么多，他却总是以'侦探的能力'闻名于世。"令先生幽幽地叹了一口气，"可……只有我父亲才会这样做……"看天空中的皎月，竟想到了往事，只有赢了这个孩子，才能解除世代的恩怨? 不，他们都还太小了，他先父是个正直甚至不变通的人，而他，却还是一个聪明狡猾的人。

也许，面对自己人性中的欲望和恶，才能成为一个合格的恶人，或者好人。真正的恶人和好人是相通的，又是不同的。那么，什么是真正的人呢?

令先生开始沉思。

(写于 2018 年 3 月 5 日，作者 11 岁时)

STEM 课程活动日记

5 月 29 日 Day 1

今天，是我参加"理想家园设计"活动的第一天，但丰富多彩的活动却早已安排得满满当当了。

老师今天让我们来画"家"的设计图，可是我实在不是很开心——老师都讲了两三个小时这幅图了，画它有什么意义？我甚至感觉自己都已经听烦了，更别说要我们自己画了！

画图画什么呢？我边想，边用右手托住我的脑袋，左手敲打着桌子，右手中的笔时不时会划到我的脸，更让我心烦意乱。

"嘿！"坐在我身后的小雪突然点了我一下。"怎么啦？"我吓了一跳。"你看看我画的花园。"我回过头，只见她的纸被平分成四份，其中的一份被她用作画花园，这路线设计分明是一个迷宫！"哈哈，怎么样？"我看到了也不禁笑了起来。

"不过你的创意真的不错。"我对小雪说。"我还打算让我的房子墙上长满爬墙虎，然后另一面墙可以用来攀岩。这可是我'自己'的家呀！"小雪冲我笑了起来。

对呀！这是我们自己的家。父母将他们的心血注入其中，亲情是家的隐形部分，家只是让姥姥、姥爷、爸爸、妈妈住在一起。可真正的家是亲情，将他们——我们连起来，织成画卷。这才是真正的奇妙之处。亲情是我设计的重点。

之后的时间，我还是倾心于设计过程，因为这是我自己的家。

5月30日 Day 2

今天是过得很充实的一天。今天，也是动手的第一天。

一开始，我们还没领全材料，要再过一会儿才能去建造房屋。我心里别提多着急了——天啊！你们这是在吊人胃口吗？其实为了这一刻，我都等了两三天了！

"这样吧，这样吧。"有一个女生提议，"我们来先用超轻黏土来做家具吧。"

我心里不禁暗暗赞同，这样，一来可以拯救我们浪费的时间；二来让我们可以早点动手做，化解组员冲突；三来房子盖好后家具都是现成的，又有了安全感。

得到大家赞同后，女生们都大胆制作起来，男生们也大多去跑腿儿搬材料，大家各有职责。但对我来说……我不是动手能力强的女孩。总之，我迟迟不敢下手，因为总怕做不好会浪费黏土。

"来做这个抱枕吧。"小雪说，"我好像做不完啊……"我默默地点了点头，走过去了。我先拿住一大袋白泥中的一块，使劲一揪，再轻轻揉成一个球形。然后，我右手轻轻一按，左边再调整调整，这个枕头已经大概是个长方体了。我又捏出了四个角，这就更像个枕头了！"我建议你再用这种黄色泥揉成球，粘在这四个角上，就好了。"做黏土方面的大神小涵说着，指给我看，"你做的只要加点装饰就更好了。"

忽然，小靖组长好像想到了什么："对了，我们还要两个马桶，那小D你来做吧。"我见她神色着急，于是就赶忙走过去。马桶是由三个部分组成的，再加上可以用蓝色来当水，这样也就可以了。我短短地思考了几秒，心想：不就是由三个"枕头"组成吗？我想我应该能做成吧。我卷起袖子，一手按住桌面，另一只手分开做了那三个组成部分。我感觉自己好像越做越得心应手了。最后，我将三个部分组合起来——完成了。关键在于，这个马桶虽然大概有个样子，像个马桶，却有一些歪七扭八。我的朋友宁宁看到了，皱了皱眉头："你这样做不行啊！"她一边说，一边做了起来，只见她一会儿把泥揉成团，一会儿展开。这时，她一把拿起尺子。她把尺子放在超轻黏土上，有的时候轻轻地按一下，有的时候用手在桌子上调整。"快了，快了！"我心想。宁宁最后一拼凑，"好啦！"她松了一口气，果然，在她的手下，她的马桶并不歪，很整齐美观，是"颇有代表性"的马桶。

有时候，我们要向别人学习，学习能让人收获快乐，所以我们要在快乐中进步，我也深深地知道——友谊无可替代。

5 月 31 日 Day 3 战利品之日

"喂，我说，你们到底是在做小报还是在聊天啊，"一旁路过的小杰着急地说，"快……快点啊！"

"哎……这都是你第几次来催我们啦！你要是在的话我们就慢慢画。"说着宁宁冲我点了点头。

小杰露出了一丝"狡猾"的笑容跑开了。

"你画的这只鹦鹉实在太好看啦！"我情不自禁地点头欣赏着。"不——是你的 Idea 好！"宁宁激动极了，"你太有才了啊！"说着，宁宁手上也还是没有停下笔。对了，我们的创意是这样的——宁宁看到了彩铅盒上的一公一母两只鹦鹉后，她灵机一动——好想画只正在幸福生活的鹦鹉啊。我顺着她的思路想下去：连鹦鹉都有家，为什么我们没有呢？F1 是我们团队的名号。

"天啊！这只鹦鹉为什么朝着这个方向？"我的搭档叹了口气，"我可能画不出来。"当然——她技术那么好，一定可以的。

"幸好我们在走廊，走廊那么安静。你一定会超常发挥的！"我安慰她说。她这时也是这么想的，她提起笔，怀着试探心理试了试。宁宁的笔锋特别流畅，速度也特别快，画这幅画对她来说是那样简单。我甚至庆幸和我一起做海报的人是她。我实在不忍心打断她，她一只手拿笔，另一只手放在地上，很快就画好了。

"我想，这个字可以写在下面，就写……嗯，写'连鹦鹉都有家，为什么我们没有呢？'的广告词吧。"我自告奋勇地说。

我顿时深吸了一口气，屏住呼吸，缓慢伸出右手，仔细看了看。我的笔轻轻一顿，再一拉。终于写出了第一个字——连。可是之后，我一下子蒙了，"鹦鹉"怎么写来着？我重重地拍了一下脑门儿，叹道："唉，脑子不好用啦！"宁宁笑了起来。"我来帮你写吧！"她又笑了几下，接着一笔一画认真地写。"好啦！"她把纸又递给我。过了一会儿，我终于写完了。

我们回到班中。班里异常和谐，只有少数人在情绪激动地讨论。每个人都在干活：潇潇在做着书柜里的书，小译、琳琳在探讨厨房的设计，他们一会儿吵着，一会儿平静。吴昊在为模型建造准备材料，小杰在买材料的路上，小涵在做茶壶……总之，大家都各自在做事，每个人都专心致志。我不愿打扰他们，静静走过去，终于感到，我们才是一个 Team——STEM F1，爱，在一家。

* * *

6 月 1 日 Day 4

今天是 STEM 课程的最后一天，这一天，或许是最快乐的一天。

"每个组都来谈一谈你们最大的收获。"芦校长嘴角边挂着一丝微笑说,"你们来讨论几分钟。"可就在那一刹那,我感到了她的温暖,更感到了组员的温度。"不经历风雨,怎能见彩虹?没有人能随意成功。"不知怎的,这句话又挂到了我的嘴边。我自言自语,又告诉了组员。小涵轻轻地点了点头。汇报时,这句话成了我们最大的鼓励和口号。"我们是一家!"我轻轻地点了点头,心想:我们一起经历风雨,一起成长,又一起成功。这是爱,我忽然感到一片温馨。

从第一天,我们就和别的组不一样。我们全是同一班的同学。这是一个优势,也是一次机会,我们加深对彼此的认识,以及彼此的感情。

第一天,我们组两个男生在做任务时玩手机,后来慢慢改正。"吴会计"认真地计算大量数字,保证了我们的"钱财"。第二天,男生们奋力用锯子锯木头,女生们认真做家具。到第三天,小涵几乎做了所有精细活和精致的装饰。在这期间,琳琳为了在纸板上涂胶,接着又洒"草粉",她整只手几乎都烂了……我们真心爱这件作品,这是个完美的"六一",我们珍视彼此,我们更坚信,我们是一个 Team——爱,在一家,我们从这里出发,F1!

就好像今天清晨,五(1)班教室的门锁着,屋里黑着灯,门外,学生们偷偷藏"玩具",仿佛一切都没发生,又回到了第一天……

（写于 2018 年 6 月,作者 11 岁时）

夜晚，一棵大树下的故事

我，是一头大象。不知昏迷了多久，总之，醒来时，我就在这棵大树下，坐在树荫里。

回忆几天前，我还过着幸福的生活。只是，那一天我同我的母亲刚刚吵完架，吵得很凶，几乎让我想要离群出走！但是，想想草原中被狮子追逐的小象，我还是决定保留满腔怒火，远远地跟在象群的后面，不管群长的训斥。现在想想，我还真是幼稚、顽皮。

一天，我随着象群来到了一棵树下，象群群长环顾了一下四周，最后目光停在了我身上。群长叹了口气对我说："以那棵树为标准，再往前，就是猎人的家了，大家要小心！"我小时候常听见母亲讲猎人的故事，心里别提多害怕了，表面上却还说："大象啊，有什么好狩猎的？"实际上却已经走到了象群中心。我小心翼翼地向前走动，气都不敢吸一下。这时，我听到一个男人大声叫道："谁？谁在外面？"我被吓得说不出话，心里一急，一个不小心踏到了另一只象的脚，心里感到重心不稳，一个跟头栽到了树上。我感觉疼极了，但还是要忍痛站起来。现在夕阳快要落山了，得赶紧赶路了。我恋恋不舍地看了看那棵大树，多亏那棵大树，我才能不被撞伤。

可是现在一切已经太晚了，我看到一位衣着华丽的猎人，向树边跑来。我的心跳几乎停止了。我知道，我不可能生还了。我用尽我所有的力气大喊："救命啊！"可是我能看到的，只有猎人狰狞的笑脸和他手中的那杆枪。渐渐地枪被扣住了，慢慢地子弹飞了出来。我感到自己的生命在流逝，我站不稳，跌倒了，我觉得全身又烫又麻，我听到大象的喊叫声和惨叫声。我抬头向上看，能看到的只有插在树叶树枝中间的天空。今天的星星格外闪烁，我想，不知再见到这些星星会是什么时候了。只是现在母亲大概不会像以往那样催我快点前进了，我有一夜的时间看着、望着，就在一棵大树下。

　　我最后的印象就是猎人说我没有象牙，可以放过。再然后，我又醒了。现在的我，生活在动物园，我意识到总有一天，当我成熟了，身边的世界就不会安全了。人类真复杂，伤害我的是他们，救助我的也是他们。但是，安逸的生活无法更改我的记忆，我喜欢被小游客们爱抚，因为现在的他们，正如同那一晚树下单纯的我。

（写于 2018 年 10 月，作者 11 岁时）

真　相

　　真相是什么？我们每个人都生活在一个无限大的世界里，每个人都行驶在没有起点也没有终点的时间轴上。所以，我们每个人都活在没有真相的世界中。

　　我之前曾许过一个愿，当我自己试着问自己最想要的是什么时，单纯又最不单纯的我回答"答案"。我当时说金钱多好，说食物多好，说最好让世人都爱我。让全世界的人都爱上我其实并不难，因为我们并不知道真相是什么，所以全看你怎么猜想它，或许这也是为别人而活的乐趣。

　　我们每个人都是井底之蛙，或许井底之蛙它是对的，这个世界也许是主观的，因为它是无限大的。世界就是世界，每个人对它的定义不同。

　　当你觉得别人对你好时，你有没有想过，其实一直都是你自己在宠爱自己，我有很多喜欢我的文字的"朋友"，他们有人每一次都"催更"，有人时不时就鼓励我，每次看完我写的东西后总是面露笑容，不忘吐露："真好啊！你这位"大佬"写得真好！"可如果他/她只是在挖苦我呢？当他/她说"你抛弃我"时，会不会在庆幸呢？当你因为别人"似乎"恨你而沮丧时，为什么不思考一下，他/她是不是"真"的恨你？爱你的人不会告诉你，恨你的人也不会。我们永不知道什么是真的，什么又是假的，哪怕是梦话。就算真相是全世界都捧你在掌心，你却依然可以认为世界在怨恨你，根本没有人爱你。我们的思想是主观的，世界没有真相，所以只有自己才能爱自己，最重要的还是自己。与其练习如何在镜头前哭，不如练练如何在生活前笑。

这一条路，你好比是舵手，而命运是那神出鬼没的风暴与大海。但你永远也不会走错。因为这条航线似乎并没有目的地，除了你自己，没有人会告诉你命运有没有在帮助你。

还记得当初我丢失那本写有《我爱你不止一封信》的本子时，只想过哭泣。我当初真的抓到真相了吗？还是在幻想中无法自拔？为"它"担忧，都是谎言，可我当初为什么不骗自己说小说不是丢失了？如果我淡忘的话，还可以写出更好的。而实际上，没了小说，我更全身心投入学习。是的，当我抓住答案——真相之后，却发现一切就是如此平淡、平常。茫然之间，它便是最优解了。

真相一直都是存在的，但它太遥远了，远到让你无限寻找。当真相近在眼前时，抓住它，因为它才是一切，因为我们活在一个真实又客观的世界。可当你抓不到它的时候，就请你不要为此哭泣，直到你抓到它的那刻，才配得上哭泣，在那之前，你一直都只能活在别人或自己的谎言中，就得看你是爱哭还是爱笑了。

（写于 2018 年 10 月，作者 11 岁时）

我爱我的敌人

我已经连续集中排练一周了，一周果然是一晃就过去了。我感觉自己在玩一场角色扮演的游戏，我是汤姆猫，而那个名叫"时间"的家伙就是杰瑞。《猫和老鼠》是我小时候最爱看的动画片，不是因为喜欢笑，而是因为同情汤姆，每一集都很有新意，杰瑞总是能有不同的方法来整治汤姆，我想知道哪一天汤姆能战胜杰瑞。只是……说到底汤姆第一天是因为饥饿才去追的杰瑞，但到了最后，汤姆总不能天天都饿吧？汤姆真的会吃掉杰瑞吗？灰太狼也真的是因为善心膨胀才在每次要吃喜羊羊的时候纠结怎样做菜吗？

老实说，我并不知道。我是今天放学时看着夕阳想到的这一串话。我告诉自己，今天回家一定要在太阳落山之前写完。我今天看到斜阳落山时就不禁感叹它是那样美丽，或许这是我第一次有闲情逸致观察它，但那太阳却真是美，哪怕它是时间——我的"敌人"的剪影，却叫我不得不静下心灵去观察，尤其是照射在校园的操场上，更让学校充满了活力。走近学校的铁丝网，从大街上往校园里张望，这让我不禁想到了四五年前的场景。

"妈妈，妈妈！"我自豪地大叫着，当车子经过这里时，"我明年就要到这里上学了呢！"那时操场上有不少人在打篮球、跑步，而我却正在幻想成为其中的一员。

今天，还是在这里。

明天，也是这里。

明年，当车子再经过时我还会在这里驻足，看，这是我曾经上过的小学。

都在这里，地点没有换，故事没有换，情节没有换……主角，却换了人选。不会是那个笔被人误拿因为说不清就急哭了、觉得对不起父母多年培养的小屁孩；不会是那个在冬令营一边用手机给父母打电话一边不知道为什么哭起来的孩子；更不是那个合唱团没被选上比赛还要闺蜜安慰的小女孩。

我那可爱又可恨的敌人也总是会在这里现身。

从担心妖怪半夜出现在房间里的女孩，到那个手中总是抱着朋友宁宁送的粉红色笔记本的女孩，再到那个丢失了写有《我爱你不止一封信》本子而痛哭又心疼的女孩，留下的，只有公众号里的几个章节，但每一章里，却都有小 V——我最好的朋友。她的图画、插画永远陪伴着我。多幸福啊，你叫我如何爱你呢？

往昔时光在我大脑里回荡着，和小 V 做了许久闺蜜的人，是我；想和小 V 做永远的闺蜜的人，也是我。学校中充满回忆的四合院，是三个闺蜜创作的乐园，至少曾是。我实在不敢多说一句话，现在斗胆说出来，我认为现在看似早就落后于敌人的自己，一直以来都在依靠着、依赖着"时间"这个敌人。

尽管我努力想回忆起些什么，但记忆中只有那个手握棒球的男孩，站在小区那面墙前，他的样子一点点在我脑海中破碎掉了，然后什么也找不到了。我的头脑不禁闪过某本书中的一段对话："所有东西都有消失的一天啊……""但那只是对于咱们来说消失了，人家可还在某处好好地活着呢。"是啊，我可敬的敌人，你到底是什么，我又可以怎样追逐你？

　　别说敌人了，我真的了解我自己吗？我究竟是那个眼中只有芮琦而装不下其他人的女孩，还是那个莫名其妙不讨人喜欢的女孩，抑或是那个真诚待人的女孩，心里只有自己不为他人着想的、低情商的人？我不知道，我不记得上一秒的自己是怎样的了。我也无法得知下一秒自己是怎样的。至于这一秒嘛……一秒的时间太短了，我又怎能在如此短的时间内了解一个全新的人？

　　最后的结局所有人都心知肚明吧。只有一点我想不透，更懒得去想——最后结尾到底是汤姆猫赢了，还是已经一败涂地了呢？

　　你还是跑下去吧，汤姆？汤姆会接着跑下去的。

　　我还知道，没有杰瑞的汤姆是最无聊的。

　　没有我的敌人，我应该也会"无聊得要命"吧。

　　奔回家后，我伏案开始写。拉开窗帘，太阳哪里还有踪影？我的敌人今天又扳回了一局。但我还是想，此刻在美国的朋友，看到的一定是太阳徐徐升起。

（写于 2018 年 12 月，作者 12 岁时）

期末考试

　　翻开旧的页码，看到的永远都是过去那个强装大人的自己，还未来得及面对几天前那风暴般席卷而来的期末考试，它便已然随着另一阵风而呼啸着走了。考完试后的日子，也并不轻松。

　　有那样一场考试吗？有那样一种给人愉快与思考的考试吗？我想没有。期末考试总是意味着生命中宝贵的一段岁月又流逝了。一年其实也是这样过去的，去年写好的对联还未晾干，如今便已开始书写着新的；2018年还未圆满，如今却只得点开新的这一行了。再想想，四年也是弹指一挥间啊，记忆里遥远的2014年夏日足球盛宴带来的那些激动，在如今的回忆中，也已淡了。2014年的我与2018年的我又能有什么区别呢？哎，最近这些日子，仿佛触碰到我们心中的时钟了，嘀嗒、嘀嗒、嘀嗒……"最后半个小时了，没开始写作文的得开始了吧？"监考老师环顾四周，"还有谁没开始写呢？"我小心翼翼地举起了手。来不及想太多了，我双手发抖地随意抽出作文卷子，自己从未如此果断利索，作文题目——自信。早有准备，答卷之前已经看过了，想都不想就提笔写，心儿乎跳得毫无节奏，但特别特别快，就一个字——慌。

　　那十分钟，心里经历了好多。开始时，就知道作文注定写不好，语无伦次，手抖，那种感觉比一切都真实，心都快跳出嗓子眼儿，从有节奏飞快地跳，到几乎达到极限时的随意乱跳，尤其是想起来第一页有道看图题，第三页有两个填空题没有把握，就不寒而栗。

这个时候，想补考的心都有了，有点恨不得哭的感觉。"要冷静"，我告诉自己，"必须冷静。"我气都不敢吸一下地写着、写着。

"相信奇迹会发生，没有什么事是你做不到的。"

"你太棒了！""你真优秀！"之类的话在我耳边徘徊。

"相信自己，要自信，没有什么是你做不到的。"

这些内心的想法在我的作文中都体现了出来，那种书写的感觉，不论笔迹是否潦草，都是种淋漓尽致的感觉。这是快乐又煎熬的时刻，一个瞬间，即是永恒。永不停驻的手让我感受到那永远不会停歇的心跳，也不知是谁牵引着谁。最后十五分钟、最后十分钟……这些话语从远方传来。也不知是什么时候，那支颤抖的笔停了下来，那颗狂跳的心也就此平静下来。

我们永远都将面对着某个过去的自己，解决生活中为你带来的每一个麻烦、每一份内疚、每一滴眼泪，以及每一次悔恨。但即便如此，倘若真有那样的机会令我回到那一天，即便得到了很多东西，甚至是在决定命运的时刻挽救了自己，可失去的，似乎更多……那些在刹那间的情感，那些瞬间的美好，那些"毫无意义"的欢乐……

期末考试，我得到的已经够多了。

（写于 2019 年 1 月，作者 12 岁时）

人类的思索

世界本是一片无边的森林，在茫茫的森林中，耸立起一座国度，国度内有一片城池，城池内，有一座高耸入云的大厦。只是，没有窗户，也没有门。历经风吹日晒，任凭雨水洒落，墙上吹出了一个小小的洞，日光顺着小洞射入屋内。屋内也一样，没有窗户，没有门，一片黑暗，只有，只有一套桌椅，一部电脑。

天，阴森森的，他睁开了双眼向茫然的世界望去，就着稀少而浑浊的空气，他呼吸着，然而黑暗笼罩了他，没有窗，没有门，只有黑暗里的他身边的桌椅以及手边那台电脑。

他缓缓地打开了电脑，手指规整地放在了键盘上，井井有条地按下了第一个字母，第一行字，第一页纸。手指飞快地在键盘上舞蹈，仿佛上了发条的士兵，任秋风嬉笑而过，却未曾停息。冬雪散落满地，春雨缓缓爱抚着大地，夏花绽放林中最后一抹色彩，阳光透过墙中的小洞微微射入屋内，永远如一的姿势，何曾改变过？明亮再昏暗，明亮再昏暗，无数的日日夜夜，他是最辛勤劳作的工人、最勤劳忠实的奴隶。白天、黑夜、一日、一周、一年、千年、万年以来光线始终如此阴暗，不知时间的变换，只见那双手无数次飞越过键盘，他神情间没有丝毫的疲惫，没有丝毫的懈怠，只有麻木，永久的麻木。忽然，那双飞快而勤劳的手停住了！

为什么要打字？他缓缓地抬起了头。黑暗再次笼罩了他。为什么人一定要惧怕黑夜、死亡与悲伤？为什么人一定要期盼喜悦、幸福和远方？他环顾起四周，又不自觉地开始想：这是什么地方？是谁的地方？这台电脑从何而来？一行行整齐码放的字映入眼帘，它们又都从何而来呢？它们如同饭菜般喂入我口中，我汲取着，却何曾真正了解过？键盘是何人创造？它又怎么能和电脑连为一体呢？身边常用的工具，它们到底都来源于何方？为什么使我们如此信赖？这对于我来说到底是个怎样的时代？我又是谁呢？他微微摇了摇头。问题由知识所解答，而知识又引出了许许多多更迫切的疑问，如此连绵不断，是啊，这就是知识，但谎言何尝不是如此呢？

室外的光芒逐渐变得闪耀，穿过小孔，变作光斑射在他的身上，使得他也明亮起来，他仿佛发现了室外的阳光，顺着小孔向外望，雪白的鸽子从他迷茫的眼前闪过，从内望去，白云与往日没有区别，外面的世界究竟怎样？太阳渐渐西沉，晚霞过后四周一片黑暗。小屋里，曾经的一番感觉也已荡然无存，他依旧坐在那里，依然是百年不曾改变的姿势，坐着，双手跳跃着。他只觉得今天的尘土好多，身上好脏、好脏。

（写于 2019 年 9 月，作者 12 岁时）

这是一个需要"技术"的时代

2020 年的春节假期，人们关注的不再是串门、看春晚、刷剧，而是苦苦地守候在电视机前，等着院士们的每一句解答。在这个时候，曾经在幕后默默研究、默默付出、默默积累经验、默默研发药物的科研人员们都成了众星捧月的对象。大多数人都把希望的目光投放在钟南山院士和他的团队身上。在这个时候，金钱、权势，一文不值。我们需要的只是日积月累的货真价实的知识，踏踏实实、货真价实的研究与调查，甚至对于媒体的要求也是如此。不愿钻研，只求浮华奢靡，没有知识充斥的生活虽然轻快，但现在看来一切荣华富贵却那么滑稽，阿谀奉承的一生最终连为自己的生命加油呐喊都没了底气。人们都在期待着奇迹，而奇迹的发生靠的正是那些科学家刻苦钻研的精神、严谨求实的科研态度，而支撑这些的则是那些年来日日夜夜的学习积累，求知探索。这是一个需要"技术"的时代。

随着人工智能与机械的发展，很快，不仅仅是医疗领域，我们生活的方方面面，各个行业需要的也都是这种科研精神，比如这些天我们接触颇多的媒体行业，或者在宪法普及和完善阶段重要的法律工作者们，还是大家在家期间玩的那些游戏的创作者们，他们需要的都是那些实事求是、严谨认真的职业素养，和学习与开拓创新的能力。当然，最重要的还是那历经百般磨难也无人可摧的扎扎实实的知识的根基，是那张支撑我们人生的知识网络。所以，作为新时代的青年人，我们还在等什么呢？我们手中的课本已不仅仅意味着考卷与分数，它们不仅仅能改变我们自己的命运了，它们是武器，是我们抵抗灾难的唯一武器，是我们保家卫国所必要的武器！

假期就要结束了，奋战在一线的叔叔阿姨们为国家付出了那么多，在为他们摇旗呐喊的同时，我们不妨认真反思：自己究竟在通往专业的路上走了多少？为保家卫国的事业尽了几分忠心？这是一个需要"技术"的时代。

（写于 2020 年 2 月，作者 13 岁时）

窗　外

　　静静地坐上通往远方的列车，车内是一片安详与和谐，暖风轻轻地在人们身边打转，这样舒适与温暖。我陶醉其中，乘务长欣喜又温和地告诉我们不用担心，尽情享受这个旅程。我不知道自己最初为何而来到车上，更忘记了目的地是哪里。这辆车是很好的，设施也大多都是齐全的。只是有一扇很奇特的本应开放的窗子被胶带封上了，并用大字写上了"请勿张望"这几个大字。向前再向后走几步，发现每一个人的窗边都是如此。我试着问了问经过的乘务员，结果他们都笑着反问"已经有这么明亮这么温馨的小灯了，为什么还要开窗看窗外的景象？"久而久之习惯了，我也就没有再多问了。透过薄纸的背面，似乎看到了一些农田溪水的倒影，我仿佛已经嗅到了那花草的气息。在这般美好的景色下，我也昏昏欲睡。

　　醒来时，车竟还在走。我问起身边的人，何时将要到站，他倒也不以为意，只是耸耸肩，面露傲慢，从容表示他也不太清楚。忽然，车灯熄灭了，平静的人群开始不安地低语起来。"啊"的一声尖叫划破天际，人们纷纷抬起头望去，只见那个人的窗口已经被撕开了一个洞，黑夜，荒芜，废墟，鲜血，火光，杀戮，一同冲入了人们的视野，我不禁开始担心而又惊慌，我现在到底在哪儿，又将去向何方？微微开始抖的双手情不自禁地去撕开那张封条，我被眼前的景象吓呆了。

先是火焰，张牙舞爪的火焰，不断地向车中涌来，我看到房屋在慢慢倒塌，接连不断地，开始传来人们的尖叫声，眼睁睁地看着窗外有人在路边被火焰吞去，烧成黑焦色，忽然一棵树倒下了，压倒了树下的一个女孩，瞬间，一片血肉模糊，鲜血不偏不倚，正巧飞溅在了我的车窗上。车窗外，我不再去看了，想象着火蔓到火车的情景，想象着火车中尸横遍野的样子，不不不，不希望这将是我最后声明的时刻。"快告诉我，我们在哪里啊？"有乘客绝望地哭嚎道。"这车还不开动啊！""你们到底在捣什么鬼！"愤怒恐惧绝望瞬间在人群中燃起。我们开始站起、坐下，开始踱步。随着几个乘务员的出现，厮打开始了。混乱——唯一可以形容窗里窗外的词语。

在绝望中，我随手抄起了一把桌腿向窗户砸去，窗破了。我忽然静了下去，抬起头望过去。窗外，真实的窗外，漆黑深沉。我一时间竟想不到用什么语言来形容，只是觉得无边无际的，仿佛深不见底。倒也不是先前窗户上看到的景色是假的，只是如今看着窗外，窗外那真真切切的景象太……复杂了。繁华又落魄，应有尽有，交错叠加。和平、灾难、美丽、丑恶、善良、虚伪，这一切织成了一张无形的大网，徘徊着，旋转着，仿佛落入无底的深渊。我感到好渺小，同时又好晕，脑子仿佛分分钟就要炸裂。但是，那种丰富感和真实感的存在又使我留恋，不能望向别处。与之相比，之前的那份宁静未免太过肤浅，而日后的焦虑又太过偏执。

人群的忽然安静又把我拉回到现实。我那张破碎的窗外，景色依旧。但望向他人的，原来又恢复了曾经的农田溪水风光，但这不是真的，不是真实的窗外景象。

我跑过去想问问乘务长这究竟是怎么回事，为什么通过不同玻璃看到的窗外的景象不一样？"哦，是这样的，这个玻璃是可以控制里面人看到哪些景象的哦!"乘务长笑了笑说,"所以我们一般就给乘客过滤掉那些可怕的、复杂的景象,只留那些所有人都能接受的。比如,人们喜欢这样单薄、简单的东西,这会让他们感到轻松。之前玻璃的一些功能出了问题,所以才会封上。"听到这个答案,不知怎的,我有点失落。

回到座位上,一切仿佛又回到了正常的样子。但我知道,一切都已经改变了。我一刻不停地望向这打破了玻璃的窗外,窗外的景色,虽然看着不那么舒服,但那才是真实的世界。我努力硬着头皮欣赏着,了解着,认知着,思考着……是啊,我不禁感慨:是时候走出舒适区,摘下有色眼镜,拥抱真理与多元了。忽然间,第一次感觉这窗外的景色竟然好美……好美。

(写于 2020 年 9 月,作者 13 岁时)

愚　公

　　古时候，在那么一个通信不发达的时代，一个震惊天下的移山新闻快速在南北蔓延开来。原来，太行、王屋这两座巨大的山被一位年长的老人愚公移开了。一夜之间，愚公成为众人关注的对象，他的故事也被越传越神。但真正的愚公究竟是什么样的呢？他真的像我们所说的一样是天神下凡吗？

　　愚公出生在山北的一个小房屋内。年少时的他似乎并没有表现出非凡的地方。"他不怎么爱说话，看起来总是蠢蠢的，当我们玩的时候他总是一个人怔怔地望着山发呆。老实说，我不论怎样也不会想到愚公长大后能有任何成就的。"儿时的玩伴河曲智叟回忆说。然而，愚公自己在接受采访时曾透露："我的这一想法与家庭教育是离不开的，我的祖先是当地最早学会耕种的人之一，而父亲也继承了这一事业，他常常带领我们一起农作，并游历很多地方，一边教会当地人农作本领，一边收集种子。在这个过程中，我与土地、邻人建立了深厚的感情，却也深感大山带来的不便。"在四处游历的过程中，愚公深知一个地区农业的发展离不开有利的地形地势，他不断地打探、学习，与不同的人交流，脑海中一个蠢蠢欲动的想法也越来越清晰。"哦不，父亲他不是神，他厌恶人们这么说他，他并不狂妄自大，但他相信人定胜天。他对科学有一种近乎疯狂的崇拜，他的知识渊博，尤其精通地理，游历一个地区时，他会突然让我们默画出这一路来的地图。当然，这对我们能力的提升也很有帮助。"愚公的长子说着，眼中流露出一种从心底而发的敬畏。"当爷爷提出这个想法时，我都被吓呆了。当时我们都私下说这怎么可能？但是爷爷这个人，只要他提出来，自己就已经有计划了，如果你从能否实施上质疑，你会感到羞愧，因为这说明了你不够聪明。"愚公的孙子摇着头苦笑着说。"那天晚上我们通宵探讨了一夜的最优方案。父亲坚持一定用最好的路线，最短，不难走，保护当地的植物等，各种因素都要考虑，父亲很理想主义，但他尊重每一个更好的想法。他能看得出来你的质疑是在真的动脑筋，还是想偷懒。"愚公的儿子坚定地说。"我们不能不佩服愚公的决断力和真才实学。他在计划时思考得非常周到，而作决定时又很果断，制订计划后的第二天，他们就起身开干了。"邻居说道。

第一年，面对严寒酷暑，千里跋涉，他们表现出了顽强的毅力，对于他们来说，这一年虽然辛苦，但为理想奋斗使他们感到快乐。可是慢慢地，愚公发现，缺乏强大的赞助很难在各个部落中自由穿梭，计划进度也慢慢落后了。为了找到投资者，愚公更是用尽心血。愚公妻子心痛地说："那是一段很痛苦的日子，我们明明知道他所做的都是有意义的，但偏偏人们不理解，每天早出晚归，却只是受到了许多的嘲笑，看着他每天睡得少，食欲不佳，眼袋越来越重，我就劝他何必呢？一把年纪了，他非把自己弄得那么累干什么？那些说他傻的人，根本不知道他的努力，不理解他的天才！那些人可比他愚蠢得多！但是愚公却坚持说只要能拉来一个地位高的人支持，未来的路就会好走很多。"不过在外人看来，愚公的一味蛮干的确是无法忍受的。"我每次看到他路过时都觉得他这么做的意义是很小的，这么做其实真的很不聪明，因为人们想要的是短期内的进展，而愚公的方法不可能达到。我多次向他提出这样的建议，劝他不要白费力气了，可他根本不听。"河曲智叟多次强调道。

在宣传上的短暂失利并没有使愚公失去信念，相反，他理智地将发展重心由带人蛮干转移到了宣传方面和工具的发展方面。深知自身生命有限，次年冬月愚公与众人商议了一套完善的子孙接替工作系统，以保证移山工程不停、希望不止。而当时在愚公不懈的努力、动员下，参与这项工程的已有三四十名村民了。"这般下来，岂还有我容身之所？"该二山的山神决定轮番向玉帝哭诉，而这大大挑起了玉帝对这个项目的好奇心，在听说他们需要权势的帮助时，玉帝决心伸出援助之手。这对于当时的他们而言，无疑是胜利的标志。"但这违背了父亲早期的想法。"次子解释说，"当初父亲是不希望有诸神的帮助的，他的目标不仅仅是便利交通，更想证明人定胜天，为子子孙孙作出表率，这件事当时引发了很大的争议。"最终，双方各退一步，愚公接受了玉帝的帮助，但不是以上下级的关系，而是玉帝组织团队与愚公相互合作的关系，由夸娥氏二子担任大部分体力劳动，而整体思路依旧由愚公所带领的团队设计，并根据山神的要求进行微调。"玉帝从天上的视角来思考问题，为我们提供了新的思路，也纠正了许多地图绘制上的错误，对我们能力的提升，效率的提高，有很大的帮助。"愚公的长孙这样评价说。

在接下来的日子里，人们就这样脚踏实地、勤劳地工作，眼看着山在一点点变小，当地农业、交通、商业越来越发达，加入他们的人也越来越多。当最后一块泥土被除去时，多年来的辛酸、劳累化作泪水流出了眼角，取而代之的是面对新生的喜悦。欢呼声震耳欲聋，为了让当时重病的愚公能看到自己的成功，庞大的人流中每个人用自己的双手把愚公抬起，举过头顶，伴着歌舞声、欢笑声，将他在平坦开阔、种有谷物、人流如织的繁华之地传来传去。他爽朗的笑声伴着一句意味深长的话传来："我从来没有想过自己能作出这么巨大的改变（咳咳），这不应该是我的故事（咳咳），致我亲爱的子子孙孙们，每一个有梦想者都要记住，不要在乎他人的嘲笑，相信自己，一切都是可行的。愿你们每个人都有幸看到自己的这一天。"愚公的眼，在这嘈杂声中缓缓地合上了。他面带微笑，仿佛停留在一个美好的梦中，温柔、祥和。

（写于 2020 年 12 月，作者 14 岁时）

云的可汗

（一）

很久很久以前，草原上有个小可汗。他纵马扬鞭，无忧无虑地奔驰在这片无边无际的草原上。自由使他的心跳飞快，随着穿过的风与远方的幻影而激动。天色在这无边绿幕上更加湛蓝，却似乎离人很近。令小可汗久久不能忘怀的是那云，在草原上总是压得很低很低，抬头望向天空，柔软的云朵如此豪迈，如此壮丽，显得不朽。无边的草原上，云朵巨大，又非常非常厚，小可汗觉得它像城堡，却比草原帝国乃至世界上一切的城堡更加辉煌。草原的故事不禁在小可汗的耳边回荡，小可汗相信，那些开创历史、英勇征战四方的英雄烈士的成就不会消亡，它们会同烈士的鲜血一起化作洁白纯粹的云，住进这辉煌的城堡，让草原与天空见证着人类永恒的不朽。踏着满地生机，小可汗开怀大笑，带着理想与希望，风驰电掣般奔向远方。

（二）

西域来的商人带着他的女儿来草原了。老可汗带着小可汗来迎接。远远地，小可汗就被商队的华贵与富饶震惊了。然而很快小可汗的注意力又被转移了，队伍前端有一个妙龄少女，衣着华丽。那红润娇小的嘴唇、纯净洁白的肌肤、婀娜曼妙的身姿，将小可汗整个定格在了原地，心跳在那一刹那都静止了。小可汗呆呆地望去，一种强烈的情感在膨胀，却被身体禁锢住了，转而化为一种肉体可感知的痛苦。小可汗在寂静中听到了从未听到过的自己如此急促的喘息。让他心动的不仅仅是那草原上从未见过的美貌，还有小可汗清晰看到、反复确认过的——那女孩眼里有光。

蒙古包里盛情的晚宴上，老可汗和商人面色凝重，却不见女孩的身影。酒过三巡，小可汗有些头昏脑涨，而交谈内容却变得越发正经复杂。原本心不在焉的小可汗越发难以理解，向父亲老可汗示意后转身离开。

草原的星星格外明亮，令小可汗欣喜的是，在不远处，西域女孩正抬头仰望着星空。小可汗赶忙起身走了过去，与女孩打招呼，女孩的声音轻柔细腻，却总是透着一种深沉与哲思。小可汗从来没有见过这么博学、这么智慧的人，她的话语穿越古今，跨越万里。她看得懂天文，知晓地理，一生中走过各种各样的国家，听过形形色色的人说话，小可汗如痴如醉地听着她口中那个他从未见过的无比宽广阔大的世界，那个远远不只有无边草原的世界，那个比无边草原更加无边、更加庞大的美好世界。小可汗从来没有发现过夜空是这样的美。如果只是白天，那么女孩此时说话便只是无话找话罢了，可在点点繁星的照耀下，在夜色深沉的吸引下，这些话语句句在他的心中刻下了深深的印记。他忽然转过头想要看女孩眼中的光，发现那双眼眸的光胜过他所见过的万般光芒，实则宛如星辰落入茫茫人间。她眼里有光，有满天星辰。小可汗时不时地向她提问，或简述他的理解，但最终总能被她的话语温柔地拉入一番新的世界。小可汗再次望向星空，不禁问道自己哪天化作白云，是否还能与她相遇，他知道西域的商人行走天下，不会在一个地方许久停留。恍惚间，他听到屋内隐约传来争吵的声音，女孩的莞尔一笑扣动他的心弦，她嘴唇与身体那样柔软，小可汗不禁心疼自己厚重的身体与这僵硬凝固的世界对她太过坚硬，总有一天，云彩才是最好的归宿。慢慢地，女孩的身影渐渐随着商队的脚步远去。

（三）

老可汗死了，小可汗正式成了新的可汗。他四处征战，无比英勇，娶了不少妻子，生育了不少儿女，曾经似梦的世界他也见识了不少。如今，他已雄霸四方。然而，在一次不重要的部落征战中，他的胸口竟跌向了一把利剑。踉跄下马，身体先是不断地下沉，落入深渊，冰冷的剑让他终于第一次感到血液的温度，他也第一次感觉到了自己坚实的胸膛原来也如此柔软，可汗感觉自己变得越来越轻，越来越渺小，一阵风把他吹了好远。可汗睁不开眼睛更无法反抗，他绝望着，也恐惧着，直到一朵云将他温柔地包裹，可汗才清楚地看到空中的奇景。

（四）

这是第无数次、无数天，可汗坐在那里向下凝望了。他的心情并没有那么愉快，天上的日子并没有想象中的美好。从天上向下看，发现哪有所谓无边无际的草原？在世时四处征战，往往忽略了这征战本身的边界。东征西伐，沉醉于其中的快感，冥冥中却总有一条两条的厚重的墙根本想都没想过跨越。那无形的墙早已在他心中埋藏，藏得太深以至自己没有发觉。多少年来看着部落吞并扩大又分崩离析，眼睁睁地看着自己亲手打下的帝国兴盛又崩溃。哪有所谓不朽与无边，只有欲望的膨胀与鲜血杀戮罢了。黑暗与鲜红是永恒的颜色，是湛蓝的天空与金色的阳光才勉强把大地照成了现在的模样。或许是观察力更好了吧，又或许是随着时间的推移，人们越来越喜欢筑墙，帝国和帝国之间，部落和部落之间，家和家之间，甚至是家人与家人之间。放眼望去，恍然大悟，哪里还有所谓草原啊，分明只是九宫格里的博弈罢了。

（五）

在天空中，可汗最喜欢的还是星空，看到繁星就仿佛看到她的眼睛。如今的星空，不再有云层的遮掩，才显现出真正的浩瀚。可汗自幼学习骑射，从来没学过文字，此情此景，无法用语言来形容，只是觉得在这天空面前，无数的想象同时在脑中铺陈开来，点点星光就这样指引着前方，无数不同的体验相互扭曲环绕着，使许多固有的认知显得那样乏味、平淡。那场面对精神的刺激，伴着高处清凉的风，用一种独特的浪漫，让人思考起一些自己也无法理解的问题。从未如此强烈地感受过生的力量，更未深刻地相信过此生存在着的意义。即使他知道自己挡住了草原上仰望的人，但如今看来，地面上又有几人仰慕的真的是这草原上的星空呢？

（六）

草原的牧草在没有雨水润泽时，总会变得枯黄，因而总有云朵要变成坚硬的深黑色，将泪水洒满大地。可汗的泪总是最晶莹最纯净的。那一天，当雷声轰鸣，马蹄声响，可汗惊讶地发现了草地上身穿夹克的年轻人——她呆呆地站在那里，望向一个特定的方向，眼神空洞而苍白。雨水刺痛了她苍老的灵魂，她却不为所动，茫然地回到了钢筋水泥中那片囚禁她的地方。

一只飞奔而来的小黄狗兴奋地接受着雨水的洗礼，即使没有人意识到它的存在。这是它第一次挣脱绳索并获得自由，顺着最初的草原，它不见边界，妄想直接飞向苍穹。

（七）

从此以后，我的心便住进了那片草原。

（写于 2021 年 8 月，作者 14 岁时）

小亦可为

皎洁的月光穿过一片寂静的黑暗，与书桌前微弱的光芒交相映照在女孩的桌上。女孩轻轻提起笔，凝重地注视着眼下洁白的纸张。此刻，时间仿佛凝结了一般，皱紧的眉头、急促的呼吸，无处不在的局促感与压迫感渗透在其中。终于，在长时间的令人痛苦的冷战过后，啪的一声，颤抖的双手放下了笔，与之相伴的，是女孩失望而又悲伤的叹息声。这就是我在初二很长一段时间面对日常写作的状态。而这一切，在学校安排的十四岁集体生日的那个星光灿烂的浪漫的夜晚，终于得到了很好的转变。

在十四岁集体生日前去往营地的大巴车上时，我其实还在为刚刚得了低分的语文作文而苦恼。仔细想来，对于我来说当时写作的困难并不完全是不知道该怎么写。面对这样空白的空间，启发性的题目，许许多多的想法、规划会在脑海中同时出现，但不知为何仔细想来，不自觉地开始退缩了。有时候题材太过庸俗，是大多数人都会写的；有时候觉得这件事情太过琐碎，没有什么值得延展的；有时候又觉得自己对这件事的感情太过幼稚，不适合放在这么正式的文章中……总而言之，就是提笔便觉得自己格局"小"了，而应该去追求一些更加高级的东西，而往往这样的东西又难以依靠生疏的笔触来表达。这种练习难以完成，自信心越来越低的情况，在分数中还是毫不掩饰地体现出来了。

　　到了场地后，我们进行了许多丰富多彩、富有趣味的活动，在欢笑声中，心情很好地平复了，慢慢地，情绪开始高涨起来。当日光缓缓褪去时，十四岁生日的活动才正式开始了。当所有老师在台上走完，很多很多的节目表演完毕时，欢呼声和掌声将我的情绪推到了一个极高的点。在我的惊喜中，闪烁的火把点起了一团摇曳的篝火，人群中一盏盏灯与晴朗的天空中璀璨的群星相辉映着，扣动着心弦。当老师说要分发家长给我们准备的生日礼物时，我心里尤其激动。同学的名字一个一个被叫过去了，终于轮到了我，小心翼翼地拆开，是厚厚一本书，我心里有些疑惑，就着皎洁的月光，与闪耀的星火，我开始慢慢阅读起来。一张张成长的照片映入眼帘，一个个单纯美好而又灿烂的笑脸后，夹有许许多多稚嫩的文字，那么眼熟，却又仿佛无比遥远。忽然间，我想起了父母曾经提到过的，这大概就是要送给我的那本我的作文集吧。

　　忽然想起，小时候，原来也曾深深地为文学的光芒所触动。在小小的书桌旁，与闺蜜两个人两支笔，可以畅所欲言，书写自己的全部世界。一阵徐徐吹来的清风，一抹黄昏的夕阳，一段意犹未尽的故事，一张温暖的微笑，曾经也可以骄傲地被书写在自己珍爱的笔记本上。有时候，心的确会为一闪而过的细小启发而触动良久。一页一页翻过一张一张的纸，曾经写过的令自己骄傲的作文倒也随便，但每一个细节的笔迹都留有记忆。不曾想过，当时一点一滴的随手的写作如今竟也沉甸甸的，压得我心中竟有些伤感，眼眶竟有些湿润。毕竟，正是这一点一滴塑造了今天的自我。仰头望向天空，白鸽在空中漫无目的地绕着圆圈翱翔，曾经多少次嘲讽它无法得到自由，却盲目飞翔。现在看来，并不是所有事情都需要有多么宏大的意义，或许它只是出于本能的内心深处的召唤罢了，总有一天会找到自己向往的远方。远处的星河闪耀，却是一颗一颗繁星的累积，共同发光而形成的，正如同身边熊熊燃烧的篝火，也需要时间去一点一点地燃烧。哪里有所谓一鸣惊人，背后都离不开时间的磨砺和一点一滴中细微处的积累。正是对这生活中一点一滴细微之处的感悟积累在一起，隐约承载起了我曾经的整个世界。

翻开文集最后一页，很高兴地发现是空白的，于是赶紧提笔毫无顾忌地写了起来。是的，小亦可为，我愿意用点点滴滴细小的笔墨，重新勾勒眼前这美好世界。

（写于 2021 年 12 月，作者 15 岁时）

雪

"少年不识愁滋味，爱上层楼。爱上层楼，为赋新词强说愁……"

话虽如此，但有时，不禁去想，少年对梦想的执着与追求，和这强行喊出的愁怨，又究竟哪个是因而哪个才是果呢？

暗红色的鲜血缓缓地在大街上流淌，白净赤裸而又稚嫩的小脚丫一步步踏过流淌着的血，平静而虔诚。此刻挣扎而又惊慌地躺在地面上，她眼前的世界从突然的喧嚣中变得无比模糊而又沉静。眼前稚嫩的笑容中透出空洞，似曾相识。雪花落下的一刹那，她想起了那是谁。

（一）

农历腊月，天空中隐隐飘起了洁白细腻的雪花。橱窗外，街头的行人匆匆走过，稚嫩的孩童发出纯粹而清脆的欢笑，赤着脚四处奔跑着嬉闹着，无尽乐趣。燃不起一炉火，只能穿起厚厚的衣服，抵御严寒。

灰白天空中的光线照在那长长的睫毛上，反射出了安静的白光，隐约地闪动间露出淡淡悲伤，壁橱上静静绽放的笑容后，却是无尽的折磨。这是店里摆放的一只人偶模特。她，或许是此时这片美好世界中最挣扎的玩偶了吧。在这个世界上，有太多她所不能理解的不公与绝望，上天给了她一双洞察感知世界的双眼，赐给了她这次来地球的珍贵机会。在流水线上，她努力地避免一切事故，竭尽全力地去恳求那一双双熟练勤劳的手制出身体上精美的形态，细腻的面庞上，所呈现出的也是最逼真最动人最美丽的表情。制作她的公司是举世闻名的，她也引以为豪，她喜欢自己的样子，喜欢望着自己的倒影发呆，喜欢这里生活最柔软的样子。平淡无奇，才是这里生活本来的样子。然而，每个万籁俱寂的夜晚，她静静地在窗边思索，总觉得孤单，觉得缺少了些什么。直到白天"怦怦"的声音再度响起，她才忽然察觉，自己少了一颗跳动的心。漫长而又单调的每一天，在一颗活跃的心脏的陪伴下，会多么愉快啊！她不禁想，多么希望自己也能有一颗心啊！

雪花轻轻落在窗边，洁白却又残缺，慢慢地融化着，她很难不与之共情。玩具店中飞来的竹蜻蜓告诉她在新年前冲着旧的一年最后的钟声许愿就可以变为现实，模特高兴极了，一天一天地守候着梦想的到来。

（二）

"五！四！三！二！一！"

新年的钟声这么快就敲响了啊。

街道相较平日里热闹些。夜晚时刻的灯光也不曾这么明亮过。今晚的商铺，人相对多了一些。小店女主人看起来非常高兴地接待着他们，强扯出来的笑脸中仿佛有说不完的话，模特默默地想着，这里曾经破灭了她最真诚的梦想，撕碎了她最真诚的笑脸，曾经体现了她一生的艰辛，曾经在深夜的哀叹与迷茫中耗尽了她全部的相信与执着，消磨尽了她一辈子堆砌起的童话。贫穷……女主人和模特自己一样，缺少着一样重要的东西。正因为没有那样东西，女主人几乎很少有安全感，永远不知道生活将能维持到哪天，永远没法真正直视顾客的眼睛，永远没有坚持做自己的底气，无法面对生活给予的每一份挑战。表面看起来的确依旧风平浪静，但实际上，最单纯最美好的充满童话的心灵已经布满伤痕。人嘛，总要放下的，放弃用不现实的梦与现实相比折磨自己。都是这样的，习惯了。但是我不一样啊，模特暗自下决心。

咚咚咚，白嫩的小手轻轻敲击着模特的壁橱。身披红衣服的五六岁的小女孩站在模特的壁橱前面。模特低头看着她，她抬起头，模特从未见过这么精致、纯粹又纯净的脸庞。女孩静静地望着模特，凝视着她的眼眸，平静得没有一丝情感流露。令模特感到诧异的是她的眼神，站在那里，她看着她，她却仿佛看不见她；她看着她，也似乎看不见她。空洞，虚无，缥缈。女孩慢慢转身，背后露出一个红色的门，她伸出手，无声地，拉起模特并推开了那扇门。模特感觉到自己在飞。

（三）

"你为什么会想要一颗跳动的心脏呢？"天上的公主不解地问模特，"你又为什么会认为在我这里能找得到它呢？"模特没有回答，只是慢慢地讲述起了自己的生活，讲述起了小镇白天繁忙的生活，讲述起了夜晚橱窗边的寂静与孤单。说她多少次看着人来人往的人群迷失其中，感到彷徨。她觉得自己不会被当作一个生命被尊重，总是自我嘲笑因为自己没有一颗真正的心脏。公主兴致勃勃地听着，时而发出兴奋的期待，更多时候却在暗自哀叹。她带着模特去了自己的书房，一架子一架子满满的都是书。可模特更多注意到的却是宫殿的奢华，闪闪亮的，金碧辉煌，时不时看到镶着钻石的书皮，模特想知道这样的场景被店里的女主人看到她会是怎样的心情。公主感慨自己的命运，感慨自己的生活，低头看下去，只有一片虚无。"在书中看得再多，也永远没有只在人间活过几日的人偶对生活的体会深刻啊！悲伤也好，痛苦也罢，哪怕是死亡……我多么渴望在人间体验一下啊！如今的生活仿佛要永远被禁锢在这里，独自一人，听到心跳的声音，是一种多么痛苦的事啊，不断提醒着自己还依旧活着，只是永远不会活得自由罢了。有时候……有时候就是希望自己从来就没有活过。"公主说着说着就不断抽泣起来，这种明知得不到却对未知的美好生活充满渴望的感情完全控制了她。

模特觉得可笑，贵为天上的公主，她知道自己的生活是多少人梦中渴望的吗？她竟然也会有想放弃生命的想法？看着公主的样子，模特也有些悲伤。生活总有自己的方法折磨你，却不曾想过始终折磨着你的，是面对未来的想象同不曾选择的现实之间的落差。模特对公主的絮絮叨叨忍耐不了更多了，正在转身要走时，公主忽然又拉住她了，"再给我讲讲你在人间的故事吧。"公主张着渴望的大眼睛望着她。如果模特有心的话，她可能在那一刹那会真的很同情公主，可是她没有……她没有心……而公主有……忽然，模特抬起手，举起自己早些时间取来的刀，插入了公主的胸膛，小心翼翼地取出了心脏，温暖而又柔软。模特吞下了那颗心脏，听到了心跳的声音，她高兴地笑了。不知道是不是错觉，公主在某个刹那，似乎也露出了微弱的笑容。

模特推开了先前的那扇门，她感觉自己开始下沉。当她再次睁开眼睛时，已经躺在了一片血泊之中，鲜血温暖的感觉，真好。雪花慢慢飘着，先前的小女孩站在她旁边，面露僵硬而又夸张的微笑，在那一刹那，模特忽然知道了小女孩是谁。死亡的脚步轻柔而谨慎。她小心翼翼地蹲下来，"深呼吸，放松自己，"女孩温柔地说，"在我收走你灵魂的时候，你可以想一些能让你开心的事情。"

"你为什么要帮我呢？你又为什么要不停地收走别人的灵魂呢？"模特不解地问道。女孩的声音依旧平静，她说，"其实你不知道，我自己也是没有生命的，不知道为什么，收走别人的灵魂让我在一刹那能感受到自己的生命，我挺理解你的，也希望你可以帮我处理掉部分的工作。"模特摇摇头笑了笑。她好像忽然明白了什么。但她没有机会再仔细琢磨了。

（四）

雪，依旧在下着，除了模特的身体，四周一片白茫茫的。小女孩起身，静静地注视着模特的尸体，企图前行。对于模特的执着她暗自摇摇头，心情复杂，自己早就已经放下了啊！面对人生中的梦想与挣扎，人应该执着面对现实的捶打。小女孩绝不会向别人承认，自己在这繁杂的大雪中早已迷失了方向。谁能知道人间这座欲望的迷宫，已经走失了多少人？雪，大概是停不下了吧。"究竟要不要打伞呢？"雪中的幸存者——小女孩和店中的女主人，此刻不约而同地想着。

（写于 2022 年 3 月，作者 15 岁时）

军训感想（三年又三年）

　　烈日炎炎的夏天，走出类似的分别的痛，又一次踏入了实验的校园。与实验结缘了三年，这次的重逢又是不同的滋味。偶然军训时的一个回眸，我看到了陌生的新初一学生身影穿梭在校园里，他们脸上洋溢的对新生活的满满期待与对未知挑战的点点紧张，像极了三年前的自己，当然，也像极了现在的自己。三年，青春的背影渐行渐远，时间催着我们向前，然而前途却越发迷茫。十五岁，踏入高中校园的我们，已经受过了国家规定的义务教育，度过了一段受到社会极度保护、包容的童年，而未来的路更多还是要自己走了。如果三年前，那个无知却空有理想、那个抱着一本《乔布斯传》幻想着每个人都可以改变世界和那个胡思乱想却坚信努力改变一切的我，看到此时这个躲在小屋中看着手机、刷着微信，望着一书柜的书籍，明知那里蕴含着自己渴望的远方却为其给我思维带来的迷惑与震撼望而却步，明知努力本身已经很了不起了却不住地为因自己行为的幼稚、不切实际而陷入怀疑与迷茫的自我而感到失望，因为三年前的我期待的是三年后一个自信、自律、确信目标的自我。

　　三年的实验生活开阔了我的视野，让我看到了更多的可能性，看到了真正大佬的学习生活是什么样的，看到了曾经每一句浅谈而止的科普背后的运算原理是多么深刻晦涩，看到了高中生的一点点想法、一点点努力竟然也可以拯救环境甚至影响世界，在每次的震撼之余，心中总觉得少了些什么，自己的一点点想法相比之下太过幼稚，不值一提。的确，别人似乎几分钟就能解出的题目有时我会看半个小时才忽然醒悟，这使我有些失落，即使高兴地看着一个个曾经百思不得其解的现象变得生动：极坐标求导得到了科里奥利加速度、柯尼希定理解释着质点系统的能量损失、积分得到的刚体转动惯量、用到求导的泰勒级数展开的近似在简谐振动中的应用……他人的格局高、视野开阔、成熟、稳重也使我钦佩万分，即使不同的人和事，在我的面前演化也使我的态度转变了很多：世界上很多少数群体或许正在追求幸福的途中挣扎着；不科学严格的管理或许正在导致生态受到破坏；生物多样性具有的价值不仅仅在于动物权益，而在于建设稳定支撑人类社会发展的生态环境；政治决策在科学和伦理之间也会有无解之题，战争和独裁有时带来了血腥……其实不经意间我也学会了很多包容。

教育是件很神奇的事，三年生活中眼睁睁看着曾经晦涩难懂的文章如今变得亲切，对事物的理解时时刻刻发生着改变，只是事实是，身边总有人比你领悟得更早，学习得更快。我知道人与人之间生来就有差别，特别是在看 *Flowers for Algernon* 时被深深地触动了，我知道的，我们作为生物体，其实很多机能依赖的都是身体这个巨大的机器本身，从某种意义上决定着我们生活方方面面的不是所谓精神而是那些奇妙密码控制下的蛋白质，他们的结构、活性控制着我们生活的方方面面，神经元之间的结合也是 NDMA 受体所控制的。其实我们无法选择自己的身体，是身体决定了我们。一度陷入此类循环中迷茫的我将视野转向军训，试图找到新的答案。

"练不好就继续练，分解成不同的部分单独练，直到最终呈现出最好的效果。"很小的时候钢琴老师就这样跟我说，可是我那时不想吃苦，不明白努力练习的意义，只是觉得枯燥无味、坐不住，最后钢琴学得一塌糊涂。本来封存在脑中很久的遥远记忆贯穿了我的一整个军训，引发我不断思考。走正步就得知道正步长什么样，接着分解成腿和胳膊的动作，开始时要想着怎么动才符合结果，但慢慢地越来越熟悉就可以机械地操作了。简化、简化、再简化，直到所有人都可以正确理解执行，其中难道不包含费曼学习法的真谛吗？路漫漫，人生足够长了。每个汗流浃背脚掌发麻的时刻，那个咬牙坚持的我就确信，虽然天赋与起点决定了你的速度，但人生不是田径，只要有足够的毅力与信念总能以自己独特的速度坚持到底的。一位学姐曾经分享过这样一句话："人一生中有足够的时间做好很多事。"或许如果少些焦虑，多些方法与坚持，人生的路会走得更加长远、稳定。

此外，印象最为深刻的莫过于教官在找人上台展示和选择队列标兵时，包括我在内的很多人都没有主动申请而选择了逃避，个人而言是单纯觉得自己的动作还不够熟练，上去展示会"呆"在台上，未免不太好看。现在想来，其实这也没有这么重要。电影《阿凡达》中如果男主没在结尾时近乎自杀式地奋力一跳征服巨龙，赢回信任，那么他大概会眼睁睁望着自己珍爱的一切毁于一旦，而自己却无能为力。"你们每个人的队列基础在我眼中都是一样的，希望大家可以更加积极主动地推荐自己……在日后的生活中，也希望大家不要退缩，不要放弃自己的机会。"的确如此，我深以为然。教官朴实的话捅破了我心中那个一直深藏而不自知的秘密。如果小学时没有说着蹩脚的英语却努力地找各个同学和老师"死缠"，在知道有同学退出、新的名额出现后加入模联的外出项目，并在极一般的表现后坦然接受并深受其他同学的鼓舞，那我大抵就不会有如今对英语炽热真诚的热爱了。《实验中学学习生活指南》中有这样一句话让我觉得有趣又真实:"如果不是行为举止极其惊艳,或者极其出格,一般没有什么人注意到你,即使注意到,一会儿也就忘了。"何必为了这些不存在的东西而浪费一些足以改变一生的机会呢?初二参加力学竞赛时老师问我要不要报名,我很"菜",就说我觉得自己不太行,老师的答复是"不要关注自己行不行,看看你想不想",让我非常感动。我还是非常享受力学竞赛经历的(虽然最后结果也不是很好),至少自己努力并取得了对自己而言巨大的进步。

起点不代表终点。不知为何,国防讲座给我留下了这样的印象。虽然身边同学很多都睡了,但拖着疲惫身体的我还是饶有兴趣地完整听了讲座。多层次联合展开的军事备战,不同方面地位都是平等的……我注意到了很多之前没关注的点,比如地理上我国邻国多、领土纠纷多、组成复杂之类的现实挑战,以及西方舆论的抨击和压力等,中国在历史上落后了但是仅仅几十年中国就能发生很多的变化,实属不易;军事上具体讲到的是钱学森当时的科学理论全球领先,我特别有民族自豪感。

军训的七天是非常美好的七天,认识了很多有趣的之前不熟的同学,迫不及待地想和同学们继续高中生活。希望高中三年可以坦坦荡荡地与大家一起进步,努力承担好班级相应职责,褪去羞涩,多些自律与自信,多做些勇敢的决定,多给自己些机会进而在错误中助力成长。最后的最后,相信起点不是终点,努力承担国家新一代公民的责任。

(写于 2022 年 8 月,作者 15 岁时)

不要点开！！！

真是不敢相信，这都二十二世纪了，世界和平，人类幸福，生活中竟然还会有"装在套子里的人"。

在肖信的带领下，我们办公室的人可以说每天诚惶诚恐，提心吊胆，小心翼翼。肖信年纪不大，二十出头，重重的大眼镜后面，是双看不清的小眼睛。原本白皙的皮肤也总是藏在巨大的黑色口罩后面，头上永远不摘的是一顶棒球帽。即使是最热的夏天，他也总是要穿上一身湛蓝色的卫衣。即使这意味着要开十几度的空调，他也总要把卫衣的帽子套在自己的棒球帽上，好像很酷的样子。然而，大家并不因为外形的异样而对他另眼相待。实际上，自从他来了以后，整个办公室都"清新"了很多。

每天早上，他小心翼翼地第一个推开门，环顾四周，从口罩中掏出一瓶全新的消毒液，把整个办公室从头到尾消毒一次，当然，一次自然是不够的，每小时都要有一次，快递更是，从头到尾都要消毒，被浸湿的箱子是棕红色，似乎给了他极大的安全感。当然，流感高发期，一天几千次的消毒也是有的。肖信的桌子被周围的电脑包围，他在桌子下压了他最重要的东西——几百条他过敏原的列表，包括阳光、粉尘等等，难怪他总是好像呼吸一口身边的空气就会痛苦。唉，他最得意的并不是这些。自从他来了之后，所有的电脑镜头都被用胶带重重地封上了，每一封用户协议他都要从头到尾认认真真地读两遍，几百个用户身份他与我们一同分享，这样平均下去可泄露的隐私就少了。总之，大家都希望这个不务正业的人可以早些离开。

可是，就是这样一个不务正业的人，却险些成了我们的英雄，那是一个炎热的深夜，大家疲劳地改了一天的代码，忽然，手机上跳出一条短信，是老板亲切的问候，她说前一段组织统一植树失败了，要给大家退款。大家一个个都兴高采烈，只有肖信默不作声，十几分钟内，他迅速查询了很多该用户可能的身份，却都失败了，在人们的欢呼声中，肖信厉声说道："这东西是不可信的！大家千万别点开！"忽然，我再也忍不住了，站起来大声说："你知道吗？我们再也忍不住了，再也忍不了这样的生活了。每年公司组织那么多植树，动辄几千元，就是因为我们是环保公司吗？像你这种胆小、卑鄙的人，我们再也受不了了！请你带着你那该死的消毒液赶紧离开！"接着，我向前几步，伸手将肖信轻松拎起来，他的脸白了，可我看到，就在有人欢呼，大家点开链接的那一刻，对面电梯屏幕上闪过"注意诈骗"的提示。

要知道，我现在之所以会在这里讲这个故事，是因为刹那间，网络诈骗可能会让我们每个人都背上几万元的欠款，可恶的是，那个原来来自某地的电话并没有找到来源，大概是现在人都谨慎了啊！离开那家公司后，我流浪过不少的城市，这些城市都已经如此荒芜，看来在虚拟空间待久了，出来就是不适应。我多么希望可以再有一次重获身份认证，进入二十一世纪的机会，可是失去信用这种东西真的可怕。现在，因为一种奇怪的病毒，我的呼吸已经困难了，过度的太阳辐射让我的皮肤正在脱落，过不了几天就来一次的奇怪天气很可怕。你可能已经猜到我为什么写这个故事了，是吧？真正的二十一世纪的人类！我不知道肖信和他的家人经历过什么，但我想你们也明白这一切不是一场遥远的梦吧，亲爱的人类？这是不是一个最好的转折？至少现在，依然在佯装"老板"、远程发送虚假退款信息的我和我的同事们是这样认为的。

（写于 2023 年 5 月，作者 16 岁时）

我心目中的艺术品

——物理学（麦克斯韦方程组）

　　我今天演讲的主题是我心中的艺术品——麦克斯韦方程组。当我在寻找关于艺术品的定义时，看到了网络上一条比较完整的评论——"艺术品是艺术家和制作者原创的，具有审美价值和使用功能的一种特殊商品。原创性、审美价值和使用功能是构成一件艺术品的三个要素。原创性指的是艺术品必须由艺术家或制作者亲自创作完成或参与创作完成。因为艺术品是精神产品，原创是艺术品的生命和个性所在。审美价值是指艺术品应具备欣赏价值，能够让人赏心悦目，陶冶性情，净化灵魂。也就是说，艺术品的内容和形式要有值得品味的地方。使用功能是指艺术品可能具备的装饰作用、实用功能或成为某种建筑物或环境的有机部分，如一座雕刻精美的门，既是艺术品又可做实际用途的门户。特殊商品指的是艺术品不同于一般商品，它是艺术家将精神情态赋予某种物质载体。艺术品本身并不是商品，只有当艺术品进入交换领域时，才表现出商品的特性。"

　　我的个人理解是：（1）独特性。我们不会说一个工业化批量生产的水杯是艺术品。同理，艺术品一定要有创新、不同于其他同类事物的地方。（2）审美性：艺术品是需要符合我们审美的。至少从某一两个方面，它让我们看着很顺眼，比如简洁、华丽。总之，符合审美就意味着其不是随便产生，是符合规律的。（3）精神价值：艺术品一定是人们可以共鸣的东西。比如一个盘子、一幅画、一部电影、一首诗。艺术品的存在并不取决于其客观实体的形式，而取决于人主观对其是否做出反应，以及做出怎样的反应。（4）时代意义：当我们将一个我们喜爱的、独一无二的、符合审美的、引人深思的东西上升为艺术品时，我们也赋予了它很强的一个责任。艺术品，不会脱离时代单独出现。首先，艺术品的出现有其依托的时代背景，它会反映出那时的社会生活方方面面。其次，更重要的是，艺术品必然是具有开创意义的东西。一个艺术品对我们而言非常重要也正体现在此。艺术必然是来源于某个特定现实而又超越现实的。

下面我做具体阐述。

（一）独特性

在这里展示了几个重要的年份。

1785 年，库伦将扭秤实验运用在带电小球中，发现静电力与电荷量成正比，与距离的平方成反比。随后，库伦将相同的实验运用到磁极中，发现同样的定律也适用于磁极间的相互作用。自此，经典磁学理论产生。令人震惊的是，庞大的星球与微小的粒子之间竟然有如此惊人的相似之处。

1820 年，奥斯特在哥本哈根大学实验中意外发现了电流的磁效应，自此，电学与磁学首次结合在一起。

1826 年，安培投身物理学理论研究，后以其敏锐的直觉提出右手螺旋定则来判断磁场方向。通过将电磁学研究的数学化，安培成功推导得出了著名的安培环路定理，即在稳恒磁场中磁感应强度沿任何闭合路径的线积分，都等于闭合路径所包围的各个电流的代数和乘以磁导率。这里面稳定磁场的磁感应线和载流导线相互套连的关系则是麦克斯韦方程组中安培环路定理的基本方程。

1831 年，法拉第发现了磁与电相互联系和转化的关系，也就是我们所熟知的：闭合电路磁通量的变化产生感应电流。这种观点突破了超距作用的存在，而设想了一种不可见的"电紧张状态"，即磁场。他推测电紧张状态的变化是电磁现象产生的原因，甚至猜测光本身也是一种电磁波。

1855 年，麦克斯韦发表了第一篇电磁学论文《论法拉第力线》，将磁力线概括为一个矢量微分方程，导出法拉第结论。1862 年，第二篇论文《论物理力线》中，麦克斯韦首创了"位移电流"的概念。两年后，在第三篇论文《电磁场的动力学理论》中，麦克斯韦验证了光也是一种电磁波。

1873 年，麦克斯韦出版了他的电磁学专著《电磁学通论》，总结了各大定律，揭示了电荷、电流、电场、磁场之间的普遍联系，以麦克斯韦的名字命名，也就诞生了我们所熟知的，"世界上最伟大的公式"，麦克斯韦方程组。

以上提到的这些只是那段时间最有名的物理学家，当时欧洲还有很多物理学家也致力于这些领域的研究。麦克斯韦的方程总结了许多前人的经验，加入了自己的理解，将复杂的概念、结论以一种简单、明了、清晰的方式呈现出来。体现出了无数学者共同努力、呕心沥血的成果。它的艺术价值，是不断思考、突破的原创性，是不断质疑、用科学描摹世界的原创性，是人类面对未知，用理性立法的原创性。它超越了精神，是永恒的存在。

（二）欣赏价值

麦克斯韦方程组结构很清晰，表达方式类似。前两个方程分别是针对静电/磁场中的通量。后两个方程是指在磁通量 or 电通量发生改变时如何产生了电场 or 磁场。前两个方程描述的是电磁矢量场的散度，后两个描述的则是矢量场的旋度。对应非常明确。如果没有这个方程的话，或许真的很难再有其他方法把这种概念用四行文字表达清晰了。

简单理解散度是矢量的标量化，也就是矢量穿出闭合曲面的情况。

麦克斯韦第一个方程是电场的高斯定律，直观体会大概就是用一个闭合曲面把静电场包住，电场线穿出去的情况和包住的静电场内净电荷成正比。

麦克斯韦第二个方程是磁场的高斯定律，之所以不同其实是因为磁场线是闭合的，不存在磁单极子，因此在任意一个闭合曲面，有多少磁感线穿出去就会有多少穿回来，所以合在一起净为零。

旋度的概念我不太懂……

第三个方程和第四个方程可以看到变化的电场与磁场之间的相互作用。第三个感觉应该是大家比较熟知法拉第电磁感应定律，在中考的时候就讲过的闭合电路切割磁感线，磁通量变化，产生感应电流。而第四个方程则是说变化的电场可以产生磁场。

麦克斯韦方程组通过矢量的方式描绘了一种空间中的场的分布，而打破了之前一直认为存在的对于超距作用的期待。麦克斯韦方程组值得品味的一点在于其对于空间矢量场的刻画。它极好地将数学规律之美与描绘自然本质相结合。

由于证明了光的本质是电磁波，而麦克斯韦方程式基于法拉第的矢量场构建了独立于经典力学中牛顿和伽利略的参考系，不满足于伽利略变换。在推导相对论时，应该有很大的作用，特别是相对论建立在光速不变的基础上（光速与参考系无关），而恰好适合麦克斯韦建立的体系。似乎也说，麦克斯韦方程组为我们开辟了崭新的时空观。我最喜欢的是光锥的概念，即过去、现在、未来一切的因果与时间的关系。

（三）应用价值

人类从早期对电和磁的发现，到如今熟练地使用，经历了一个漫长的过程。早期科学的发展理论与实践处于极度脱节的状态，技术工人基本没有受过教育，而科学家们大多受过。科学理论则十分抽象，难以提炼出指导实际生产生活的内容。基本是在 19 世纪前后，电学的出现才打破了这种从古希腊时代沿袭下来的科学与技术相分离的情况。自此，理论科学登上了舞台并成为关键角色。

1887 年，为证实麦克斯韦的电磁理论，赫兹用实验演示了电磁波的真实存在。1894 年，意大利年轻人马可尼了解到电磁波的存在，翌年他研制出了更加有效的技术装置，将无线电传播 1 英里之远。1901 年，马可尼成功将电报信号实现了跨越大西洋的无线电报传输。这不仅仅是对科学理论的应用，其中也蕴含了科学理论。也正是基于对电报的研究，马可尼于 1909 年获得了诺贝尔物理学奖。自此，科学与技术明确的分界线逐渐变得模糊。

麦克斯韦处于这样一个时代的交叉口上。若非电磁波的出现、科学与技术的结合，怎么会有今天我们如此便捷、如此联系紧密、如此美好的世界？此后的日子里，人类社会发生了令人瞠目结舌的变化，科学与技术相结合爆发出的力量是任何人都不曾想到过的。

前几天，看到了这样一条朋友圈，想在这里分享一下：或许，古典的科学是美的，是超脱的，是清新的。可是这样的生活早已过去了。

有一天，恰好看到了这样一篇文章。这位作者在反思自己学习物理的动机与变化。小时候，作者喜欢科幻，认为物理是强大的。后来，随着学习的深入，作者爱上了这种用数学描绘科学的美感，他喜欢物理定理的简洁性与普适性。后来，当物理变成他的专业时，他有了新的体会："因为物理是一门自然科学，而自然科学的基础是实验：所有的物理理论都是以契合现实中的自然现象为根本目的的。""我喜欢物理的原因，不仅是因为它有很漂亮的理论体系，更重要的是，这些理论真的能够描述自然——我喜欢这种人类可以用理性征服大自然的感觉。"

那么，我们回到最初的问题，究竟什么是艺术品呢？艺术品的界限究竟在哪里？对于一个创作者来说，究竟美感和实际价值哪个更重要？

相信每个人心中，都有一套独立存在的、对于艺术的定义。而"艺术品"这几个字，从某种角度来说，意味着它是艺术的载体，而从另一种角度来说，最后突出的"品"字，却表现了其难以直接从现实抽离的这一限制。艺术品是对理想的映射，却也是对现实的补充。那么最后这个问题留给在座的每一个人。

艺术品是前人留给我们的遗产。我们在千年的历史中不断探究着，不断知道人的意义究竟是什么。我总觉得 light 是光，是希望，也是启迪。我们用自己的笔触描绘世界，也可以因此征服世界。电磁波在我们眼前出现的那一刹那，描绘世界的人，也就变成了征服世界的人。

（写于 2023 年 10 月，作者 16 岁时）

地球上最后的渡渡鸟

卧室的书架上摆着之前朋友去毛里求斯买来的渡渡鸟纪念雕像，不大，恰好放在书柜格子里面的奖状、奖杯旁边了。

1598 年，荷兰人第一次到达非洲东部的毛里求斯。在那里他们第一次发现了这种体型较大、丑陋而不会飞翔的鸟。

可是，我第一次见到她是在初中的第一节英语课上。

"渡渡？"老师念了出来并迟疑了一下，"啊……在英文里面，我们通常不会……"英语老师的话没说完，自己停止了。只见一个个头儿小却强壮的女孩站了起来，梳着厚厚的长发。她脸颊绯红，双腿颤抖着，默默点了点头，眼神看着前方。"大家好，我叫渡渡。我喜欢老师刚才对于英语之美的感叹。我认为，能够不断探索世界之美的过程，就是我们学习的意义。很高兴可以和大家一起学习。"声音像被轰鸣的火车辗过一样微弱。她没有像别人一样用英语讲很多自己的兴趣、自己的成绩，只是尴尬地露出了笑容，默默补充道，"我知道这是一个很奇怪的名字，我也想过改名，但是从很小的时候我妈妈就这样开始叫我了。所以也就习惯了。"她坐下了，继续看着手中的书籍。她专心致志地低头看着，左手顺着后颈挠了挠右耳的耳垂下方。屁股不自主地在椅子上扭动了几下。随着一个又一个学生上台，他们的声音轻易就盖过了渡渡此刻心中的慌张与不安。"大家知道中考意味着什么吗？"老师认真地凝视着同学们渴望求知的双眼，"认真跟着我学，英语就可以考满分。"我看到，渡渡深深地吸了一口气，她摇了摇头，露出了一双充满渴望与激情的双眼。在那一刻，她的眼神锁定在了我身上。我们这样一直对视着，直到下课铃响，她摇了摇头，然后抱着厚厚的一摞书离开了。

在网上查询"渡渡鸟"名字的来源，第一条就是说它源于荷兰语中对懒惰和愚蠢的表述。由于毛里求斯群岛上丰富的自然环境与大型哺乳动物的缺席，渡渡鸟根本没有自己的竞争对手，于是，与世无争的它们轻易地相信别人，不在意和生存有关的策略。于是，当时荷兰人自然而然地嘲讽渡渡鸟的愚蠢，对它们肆意地猎杀。

繁忙的学习生涯就这样开始了，以后很长一段时间内，我有时依然与渡渡保持交流，更多时候保持距离。高中生活很辛苦，但是对我而言适应起来十分轻松。每当中午疯狂奔向食堂时，看着身后黑压压的人踏着震动大地的脚步声袭来，我猛地加快脚步，就清晰地明确了自己真正想要的是什么。如果你看到过午餐时间食堂的几十米大长队，在上操结束回班上楼时曾经从楼梯高处低头看到那些密密麻麻移动着的一堆黑色头颅，你就知道我说的是什么了。我的目标非常明确，哪怕是一点点的差距，只要能让我远离人群，从人群中冒出头哪怕是一毫米，我也真心愿意持之以恒地努力坚持。只为稍稍往前一步，远离这令人窒息的人群。比别人再好一点，就是我唯一的信条。然而，当完成了两个小时模拟题训练，十分钟之内解决了午饭，在半个小时之后的四个小时内需要上提高课程并进行错题反思时，我突发奇想，想在操场上走走路，散散步。

春风拂过绿油油的树叶，轻轻抚摸着我的脸颊。像从前一样，一种很奇怪的感觉袭来。我回过头，看到渡渡盘腿坐在花丛中的亭子里，正在愣愣地看着远处。春天的末尾是万物生长的季节，但也是各种考试袭来的季节。可是此刻我就这样静静地看着她。"你知道你这样做意味着什么吗？"我抬头看着渡渡。渡渡摇了摇头。"我从上午就一直坐在这里了，"她高兴地说，"外面的风光真的很美，我不忍心离开。"很好啊。我心里默默地想，这就是你想要的不是吗？别人都在认真地做着题，提升着技术，获得更高的分数和更高的认可度。你不知道，当别人看到我取得的傲人成绩时我有多么快乐，当通过不断攀爬终于可以从浑浊的空气里获得一丝自由呼吸的权利，我高兴、自豪，而渡渡看起来却十分虚弱。是啊，被人群踩在脚下的感觉并不好吧。"我最喜欢的老师不能再继续教我了，因为我成绩不够。"她失落地看着我，"我真的很喜欢她的英语课。好羡慕你啊，又受欢迎，成绩又好，有那么多选择的权利，不像我。这个世界这么美好，却总会在流连忘返时被剥夺选择的权利。"这是最后一次见到她。之后，就再也不见她的去向了。

1681 年，仅仅在人类入侵毛里求斯第 83 年，地球上最后一只渡渡鸟死了。

深深地吸了一口气，我转头想要再一次感受红色的奖状在手里摩擦的滋味，毕业照里拿着优秀毕业生证书的我笑得多么灿烂啊！得意的我把手一扬，刚好打到了渡渡鸟雕像的身上。一瞬间，"砰"的一声，雕像变为一地的粉末。我害怕极了，但很快忘记了自己为什么害怕。我着急地将被碰倒的那个奖状扶正了，再去取扫帚把粉末扫起来并倒进垃圾桶里。

扶正的那个奖状上，"渡渡"这个名字被清晰地划去了。"渡渡，饭做好了！"妈妈的声音从远处袭来。

我已经说过多少遍了，我早就不叫渡渡了。

（写于 2023 年 11 月，作者 17 岁时）

书 影 时 光

你好，生活，我们又见面了

——电影《无问西东》观后感

最近上映了一部叫《无问西东》的电影。

看完后，我情不自禁地想："如果提前了解了你的人生，你是否还会有勇气前来？愿你在被打击时，记起你的珍贵，抵抗恶意；在迷茫时，坚信你的珍贵。爱你所爱，行你所行，听从你心，无问西东。"就这一句话，是整部电影的总结，它串起了四个故事，献给迷茫的你，献给受到挫折的你……

如果提前了解了你的人生，是否有勇气前来？牢记你的珍贵。也许，人生就是这样，到头来都是茫然的。只是，倘若你本来就知道了，也只是没有勇气面对。如果像王敏佳所经历的那样，她知道会发生什么，她可能还是会坚定地说是她一个人干的，但她可能不会写那封信了。你也不能太迷茫吧！可悲的是你做完每件事后，竟不知道目的是什么。

四个故事可以用这句话串起来，也可以用这句话总结：爱你所爱，行你所行，无问西东。这句话是让你追求自己的所爱、所想、所行。应该相信你自己的抉择，不论是加入飞虎队，违规给那些孩子食物，牺牲自己，炸掉军舰；还是照顾一个女孩；或不忘初心，救助到底。记起你的珍贵，坚信你的珍贵。生命的挫折很多，只要坚信自己，再多的挫折都没有关系。只要坚信你的珍贵，此生无憾。逝者已矣，生者如斯。也许再走一小步，你就能接近人生的正确答案，再走一小步，你就能成长更多。

（有感于 2018 年 1 月，作者 11 岁时）

《红岩》读后感

《红岩》这本书，讲述了党的地下工作人员的故事。不论是自由的，还是在渣滓洞、白公馆里献出了生命，他们永远不忘人民，决心投身解放。

在一个个感人的故事中，最令我记忆深刻的一个角色，便是小萝卜头。他本应拥有一个快乐、无忧无虑的童年，啊！只是，他却被抓到了白公馆，在那阴森的环境下长大，"从来没有见过太阳"！他本应衣食无忧，尽情在阳光下奔跑的，却被徐鹏飞他们抓住了。小萝卜头和父母一起长年在黑暗的房间，营养不足，发育不良，但这一切却没有磨灭他的意志，就算在白公馆，他还是很坚强，很乐观。而且，在书中，很多成年人竟也没有做得那么好。白公馆不能这样让他失去自由，他明明还只是一个孩子，所以他应该，理应同时拥有父母、自由和健康。最令人感动的，就是小萝卜头在经历所有的挫折后，依然那么乐观，为大家带来快乐，也很成熟、懂事。

多令人心痛啊！小萝卜头还那么小，比我们都小，却生活在那样一个复杂、充满黑暗的"世界"。现在，我们有足够的食物、足够的自由，可以走遍世界各地，却还是会有许多生活中的烦恼和困扰。比如考试没有考好，或者被别人推倒受了伤。有一次，我下楼梯，那时我还特别小，大概七八岁。这时，身边有一个大人，因为没有看见我，又很着急，就一不小心推了我，我吓了一跳，摔倒了从楼梯滚了下去，还好，楼梯虽然有点高，但那个棱角比较圆，我就没有被划破，只是腿上有一小块瘀青，但是掉下来的感觉却很可怕，就如同坐过山车时下坡一般，为此我怕了好久，感到那一刻仿佛世界只有我一般。如果我这么胆小，将来可以做到和小萝卜头一样乐观向上地面对世界吗？

从小萝卜头到"监狱之花"，从渣滓洞到白公馆，不知我们的国旗到底由多少鲜血染成，也不知这鲜血背后又有多少无情又悲惨的故事？

（写于 2018 年 2 月，作者 11 岁时）

影院怪象

请问，大家有没有见过影院中的奇怪现象呢？下面，经过几次观察，我为大家举几个例子。

有一次，在看电影《忌日快乐》时，听到了孩子的哭声，特别影响观影的效果，关键时刻小孩子哭了，一下子把人的思绪拉出了情景。

还有一次，一个妈妈拉住了我们，我们仔细一看，是位大概三十多岁的母亲，穿着时尚，她走过来问我们"豆瓣"电影评分高的《降临》适不适合孩子去看。电影的确很好，那天《降临》场次不多，我们正巧看完这部电影，只是距离下一场开场也只差几十分钟了，她还不能确定自己的孩子能不能看懂。

同样是那一次看《降临》，坐在我们旁边的是一对母子，儿子可能才五六岁，他的母亲就一直在他身边讲解，声音十分影响观影效果。先不管她讲得对不对，他们说话的声音会打扰旁人。

这样类似的问题还有很多，比如我小时候也"不小心"看过《普罗米修斯》。当然，现在我们有了"豆瓣"，也方便多了，至少可以知道哪个是烂片，也可以大概知道片子的类别，可是却还是无法真正了解到孩子到底能不能看懂，所以我有一条建议，可以给电影分级，可以分为孩童、家长陪同和成人三个级别，对应不同类型的电影。

我还发现了一件很不合理的事情，很多人喜欢在观影的过程中玩手机，并且在观影中不停地打电话，这在昏暗安静的影院里显得十分突兀。如果所有人都在影院内打电话的话，电影院内也会很嘈杂，会很影响其他观众观影。我建议电影院可以设专门的人员来巡查有没有人打电话或玩手机，提醒他们走出影院，也许这些人可以从保洁人员中选择。

还有个很小的建议，每次电影结束后，结尾字幕一出来，影厅的灯就开了，然后保洁人员就进来了，让所有观众立刻出去。这种行为是对影片创作团队的不尊重，也很不礼貌。人家辛辛苦苦做完电影，至少要等观众看完创作人员名单再请他们出去。

现代影院越来越大，观影效果也越来越好，给了我们更多的娱乐，充实了我们的生活。因此，也呼吁大家，当文明观众，做到不玩手机、尊重创作团队，希望人人都做好自己，让我们的观影环境更美好。

（写于 2018 年 2 月，作者 11 岁时）

一个腹黑的心机"少年"

——《笑傲江湖》读后感之林平之篇

林平之是一个"腹黑"的悲剧人物，他的人生要从"灭门"说起。林平之的悲剧不是他自己造成的，不是余沧海造成的，经过我观察，他一生的悲剧可以用《辟邪剑谱》总结。没有剑谱，就没有灭门；没有剑谱，就没有报仇；有了剑谱，没了岳灵珊。悲剧人生，一切行为，竟全是围着《辟邪剑谱》展开。

林平之成功了吗？是的，他成功了。用《辟邪剑谱》里的一招一式，折磨得余沧海心服口服。只是，在那个过程中，他一步步、一步步走向了绝望的边缘，直到岳灵珊死亡，绝望一点点爆发，导火索便是——狂。或者说，喜悦只是片段，当一切结束了，他在这世上，已没有一个目标，甚至没有一个爱他的、足以让他牵挂的人，那么，一生又是为了什么呢？难道，他杀死那个不愿意相信现实、一生爱着他的"威胁"后，还会活着吗？和阿加莎·克里斯蒂《五只小猪》里那位年轻的女杀手一样——她说过："我杀了他，然而，死的却是我。"也许到头来，林平之希望，自己还是那个跟着史镖头他们打猎的"少镖头"，看来一切都回不去了。再也回不去时，那个人所痛恨的，早已不是余沧海，不是岳不群，不是令狐冲，大概是整个世界吧！这个世界，好像的确没有一个人爱他了，是他的缘故，但归根结底是由于——《辟邪剑谱》。

《笑傲江湖》绝对是最难拍的电视剧之一。总之，因为人物心理上、感情上，甚至性格上，有极大的变化！不过，将这几点表达得淋漓尽致的，竟还是林平之，所有演员都必须把这些前后对比表现出来，这是最为困难的一点！注意！几乎所有演员！林平之最后和岳灵珊的对白，不论是内容，还是声音，都必须让人震撼，毛骨悚然，在乐观的语句中，充满绝望与怨恨。那最后的笑声，仿佛在说："回不去啦！永远也回不去啦！"又好似在告知这个世界："林平之恨这个世界！"竟也不知他该多么恨《辟邪剑谱》，不敢想象这位林平之还是不是那个出去打猎时不愿骑自己受伤的爱骑的那位少侠、那位"少镖头"？

唉！我对林平之的想法两页纸哪能说完呢？

（有感于 2018 年 3 月，作者 11 岁时）

《天才少女》影评

昨天是周末，我在家里看了一部"美国队长"主演的电影——《天才少女》。一个天才少女 Mary，她母亲、舅舅及外婆等家人都有数学天赋。Mary 的母亲在她出生不久就自杀了。Mary 的母亲死前托付 Mary 的舅舅 Frank 把她养大。可在七年之后，外婆 Evelyn 得知 Mary 和她一样也是天才后，决定对她进行特殊训练，让她完成对世界的贡献，攻克历史难题。

看这部电影影评时，许多人都说外婆 Evelyn 给予了孩子太多压力。她的女儿没参加过集体活动，没有社交经验，特别是 Evelyn 还不让女儿谈恋爱。她让女儿用一生时间研究让几代数学家都头疼的问题，是她一手造成了女儿的自杀。因此，Mary 的母亲告诉 Frank，让 Mary 过上正常的生活。许多影评觉得 Evelyn 该给女儿关爱而不是压力，甚至还有人说她想要的不是女儿、外孙女，而只是"天才女孩"。可在这里，我实在想为 Evelyn 说点什么。

我不知道别的，可我觉得至少 Evelyn 是爱 Mary 母女的。这些评论都忘记了非常重要的一点——在 Evelyn 恋爱之前，也在研究室工作。婚姻让她放弃了数学，她一生最大的遗憾，就是放弃了数学。当一个母亲，看到自己的子女也有天赋，特别是女儿身上将会发生同样的"悲剧"，能做的是什么？Evelyn 知道只有两条路可走。她不知道另一条路会有什么结果，但她走过的那条路，已经满是遗憾。

Mary 的母亲也一样，她只走过一条路，而这条路也是"失败"的，那么她女儿必然要过上普通人的生活，走另一条路。

事实上，每条路都能走通，每条路却又都走不通。没有一个人觉得自己人生美满，而事实上每个人的人生又都是圆满的。世上并没有绝对的"美满"和"幸福"，只有相对的"美满"和"幸福"。我健康地出生，然后又安稳地睡去，这在别人眼中是美满。我有个稳定的家来睡觉，自己平时有事儿干，至少有收入，这在别人眼里就是幸福。

人是从来不会自我满足的，却又希望自己的子女能过上"让他们满足"的生活，至少会想只要别活成我这样就好。让他们试试更多的生活吧！

记得今年五月初有一篇文章，在朋友圈刷屏——《奥数天才坠落之后》。看完了《天才少女》，我忽然想到了，如果这叫作坠落，Mary 的母亲叫什么？天赋是世界赋予一个人天生的财富，是额外的礼物。如果一个有天赋的人更愿意成为一个普通人，也可以吧，毕竟生命是自己的。总有一些遗憾，有天赋的人放弃了，就让没有天赋的人来弥补吧。现在的世界，不也很好吗？

所以，这也是这部电影的名字——*Gifted* 的意义。

（有感于 2018 年 7 月，作者 11 岁时）

面对死亡，仍然奔跑？

——读《饥饿游戏》有感

我最近读了一本书《饥饿游戏》。在凯匹特人的领导下，所有其余的人被欺压。女主角凯特尼斯——一个贫困的女孩，以"非法交易"打猎的成果为生。然而在第74届凯匹特组织的血腥的"饥饿游戏"中，为了救自己和皮塔的性命，"阴差阳错"地点燃了复仇火苗后，又与皮塔再次被送入了第75届的战场。结束后，在盖尔等人的带领下决心复仇凯匹特。这是一个复仇的、"哈姆雷特"式的故事，还是一个面临选择的爱情故事？抑或者是一个青春洋溢的励志故事，一个讲述人性的故事？

首先我要排除第一个和第四个猜测。当然"饥饿三部曲"没有那么深刻，也没有那么通俗，"饥饿三部曲"是很有新意的。不能否认第二、第三条也是有涉及的，但还不是最重要的，且听我细说。

书中几乎略过了饥饿游戏是多么血腥、残酷，可我能想象到，饥饿游戏——根本是一场大屠杀，进入后几乎必死无疑。在历届游戏中，许多人的死是因为剧情的原因。大火把凯特尼斯他们烧伤，警告他们不能长时间停留在一地，而重伤的人也只能死。更可怕的是，最后还有一个名额，可以活下来！如果每个人都知道自己注定会死，任大火将自己消灭，任毒气让自己窒息，任毒虫叮咬，也许会更平静一点，但那就是另一个故事——《美丽人生》了吧。

在饥饿游戏中，每个人都有希望，就算希望那么渺茫，却也都愿意赌一赌。这也是大多赌徒的心理。每个人都是赌徒，没有一个人会安于现状，因为这就是进化。而胜利并不是件好事，胜利者也许会疯狂，每时每刻都会对凯匹特有恐惧，体会到站在他们上面的，是嗜血的凯匹特人。也许这是为什么黑密斯酗酒，以及胜利者中有许多瘾君子吧。

想到露露的死亡惨象，不认识的人相互杀害。凯特尼斯对"天空"射出一箭，只因他们面对的是同一个敌人——控制着他们的"饥饿游戏"。

理论上说应该已经结束了。可是在现实中，斯诺总统还是针对着他们。群众反叛也许是出于对这些人的同情。本来参加饥饿游戏，大家都是被动的，来了就是为了活下去，为什么还必须被针对呢？加上本来人们早已痛恨凯匹特复仇式的统治。于是终于等到了那一天，来推翻邪恶的统治。也是到这么一天，这两边的仇恨也解除了。

凯匹特人当初为什么要创立"饥饿游戏"呢？或许，那些"夹缝地带"的人，也屠杀过凯匹特人。人有感情，这是与动物、植物最大的区别，而人，不仅有爱还有仇恨的情感，这是人类特有的。当你想报仇却报不了的时候，也许会疯狂地胡乱杀人，这就是最可怕的了。

很多时候，人们都是胆小怕事的。不然为什么开始"饥饿游戏"时没人反抗，而当女主角射出那一箭时，人们才开始反抗。同理，面对前辈的烂摊子，一个小小的总统又怎么敢改变呢？何况轻易改变了之后，一定会造成凯匹特反叛。而斯诺总统能做的，只有尽力把复仇的火焰压下去，用一切手段来平息。因为，其他区造反是正常的，若连凯匹特区都造反，谁还会支持他？这不是成大笑话了吗！

因此满心复仇的科恩总统，到底要报什么仇？于是，振奋人心的事发生了。正义的女主角将决定命运的箭装好，举起来，最终，射向了科恩。新总统上任后，她得到了平安幸福的后半生。她或许知道，又或许不知道，她射向科恩的那一箭，决定的不只是两个人的命运，而是全"世界"的命运。不然，一个更血腥、更恐怖、更黑暗的女总统将上台。凯特尼斯的后半生，也不会平安。

（写于 2018 年 8 月，作者 11 岁时）

摆渡人

——《摆渡人》《死神的浮力》比较阅读

最近"喝"了太多"心灵鸡汤",几乎无法消化了。

与《死神的浮力》不同,《摆渡人》更多讲两颗绝望的心如何走在一起,一切故事是在死亡的前提下发生的。对迪伦而言,生活或死亡又有什么意义呢?她的家并不是真正的家,而是一个冰冷、没有爱的世界。死亡对她来说是最好的解脱,而爱,在失去一切后是唯一的安慰,又把她带回到现实的世界。一边是永久的死亡,一边是得到的一切。如果自己都不能为幸福拼一把,那还能指望谁呢?低的起点总有一个好处——最差也是回到原点了,没有其他意义。

当面临绝望时,那个叫千叶的奇异男人出现了,《死神的浮力》告诉我们死亡永远是结局,不一样的却是过程,总还要走下去的吧!人终究是要死的,但无论如何也不要束手就擒,无论如何也不要死在敌人的手里。只要先拼尽全力,就算失败,也会败得心服口服。如果无法得知未来也算是一种残疾,那我宁愿这样残疾,就如盲人不必在意别人的眼光,听觉障碍者可以逃避喧闹,我们无法改变自己的缺陷,说不定何时,却也成为我们制胜的绝技。当你怨恨死亡、恐惧死亡时,却要想想因为它的存在,让我们珍惜每一天。

对于死亡的逃避与仇恨是不公平的。因为正在你绝望的时候,那个叫死亡的东西,好像对你却是唯一的安慰,也是唯一陪伴你的,就算你并不需要它呀。

　　未来让我们一直等着那个摆渡人，那位"千叶先生"，那次低谷的触底反弹，那次久违的光芒闪耀，不管你是个"利己主义"者，还是"奉献主义"者，不管你是谁，你总是需要心灵鸡汤的，你总是要反省那些看似负面的能量，给予你的能量究竟是负面的吗？你依旧需要寻找那黑暗中的一线光明，它太弱小了，你几乎不屑，抱怨它的光太耀眼？那你怎么不说它是你前进的唯一依靠？日本动漫《声之形》带给我的感受让我记忆深刻："人活着就会遇到困难，你有时必须面对自己柔弱的一面。"

（有感于 2018 年 10 月，作者 11 岁时）

《三体》读后的粗略感想

无知和弱小不是生存的障碍，傲慢才是！

给我一块二向箔，清理用。

前进！前进！不择手段地前进！！！

（一）生存

看完《三体》之后，去看书评，许多人吐槽程心，原因是"她两次站在上帝的位置上把人类推向了深渊。"可我却觉得他们本末倒置了，程心才像大部分的人类。世上也不是所有人都像叶文洁、章北海，这些人毕竟是少数，没了程心，总还是会有陈心、李心出现的。而地球文明的命运很大概率还是会被傲慢所打败吧。

歌者曾在清理时说过，在意义之塔上，生存高于一切；在生存面前，宇宙中一切低熵体都只能两害相权取其轻，真是莫大的悲哀。在此同时，人类却在流行着掩体计划——一个妄想占尽一切便宜的计划。

在茫茫宇宙中，歌者是自卑的，是谦逊的；人类是傲慢的，是不理性的。他们思考着能得到或失去什么，从而忘却了问题的本质——生存。

（二）曲率驱动是什么？

看完《三体》后，我对书中描述的"曲率驱动"非常感兴趣，决定对它开展研究。

《三体》中其实有相应的对曲率加速的描述，查阅了相关资料后，我知道了，宇宙的空间并不是平坦的，而是存在曲率的。曲率就好比一张弯曲的纸，如果将某物后方的曲率减小，也就是将纸压平，那么这个物体将被前方曲率更大的空间吸去，于是便能够无限接近光速航行。听起来就好厉害。

为了对曲率的了解更深刻，我真的试着做了一下书中的实验。实验其实很简单，只需要准备一盆水，一杯水和洗洁精的混合体，以及一个小勺子或滴管就可以了，哦，当然，还有最重要的"纸船"。先把"纸船"放到水中，然后把水和洗洁精搅起泡沫，再轻轻将其滴入水中（从"纸船"后方），这时，"纸船"便会猛地加速前进。这个实验原理很简单，和人一样，当分子稀疏时会产生引力，让更多分子加入。而当分子紧密时会产生排斥力（地方不够住啊）！对于水来说，虽然内部水分子呈球状，但表层水分子因没有斥力约束，更加容易挥发从而打破平衡产生引力，也叫表面张力。清洁剂内含有亲水基与憎水基，亲水基与内层水结合而憎水基排斥水分子，从而使表面水分子靠拢，表面张力减小，它们沿着"纸船"沟槽表面迅速向后排斥表层水分子，使"纸船"向前"冲"。简单来说就是后方水面张力降低而前方水面张力不变，"小船"就被前方水面张力拉了过去。

虽然现在还无法证明"曲率驱动"是否真的正确，但时不时想想未来科技将带给我们的惊喜，不免会有些窃喜与激动呢。通过这件事，我认识到灵感来源于生活，日常生活中任何小小的细节，都能够激发人类的联想，都是含有无限信息的！

（写于 2019 年 2 月，作者 12 岁时）

《三国演义》读后感

这个假期，我一直在看《三国演义》，虽然到现在只看完了第一本，却也百感交集。

《三国演义》讲了东汉末期各方势力割据，朝廷也很昏庸，卖官职、收贿赂更令很多心怀大志的英雄奋起反抗，最后经过战争，只剩下魏蜀吴三国鼎立，争夺天下。

令我感触最大、印象最深的就属官渡之战了。曹操退兵至官渡，死守不出。然而他们的军粮太少，不过几日粮草将尽。袁绍固执己见，不肯听从谋士许攸的话夺取粮草，反而怀疑其与曹操暗中勾结，一怒之下，许攸干脆直接投奔曹操，告诉他军草均积于乌巢，让他假扮袁军去劫粮，曹从。随后，袁绍帐中见北方火光满天，知乌巢有失，听起来很爽对不对？后来袁军"大败"。你可能觉得是袁绍自作自受，但是再深入想想，前几年大饥荒，现在又要出征，军粮究竟从何而来？自然不是从天上降下来，那些普通的农民，好不容易缓过来，种出了点粮食，转眼连碗热腾腾的饭还没吃上就要送去做军粮了。在这样的情况下，必然会发生很多"四海无闲田，农夫犹饿死"的情况。不知屯在乌巢的这堆"重粮"，究竟是用多少生命换来的？然而，在这战火纷飞的年代，只要一位将军、一个谋士振臂一挥，一颗小小的火星飞过，一切粮草化为灰烬，一切生命都已湮灭。更可笑的是，他们都是打着正义旗号的"使者"，都自称英雄、豪杰。

很多人美其名曰为了老百姓，曹操是奸臣，是反贼，是下一个董卓，要消灭他。可是曹操不过只是在皇帝面前狂了一下，用了皇帝的箭没还而已，当时多少人还吃不上饭，穿不上衣服，垂死挣扎着。又有很多人说当时局面太混乱，自己以正义的力量要为老百姓统一天下，那为什么你不踏踏实实地找一位主公为他服务，帮助他治理国家？为什么不能一起推选一个更有能力的丞相，共同制定规矩？为什么几天不上马就觉得虚度了光阴？难道普天之下只有一家掌控了皇位才叫统一天下？这些不过都只是"英雄"的幌子罢了，掰开了揉碎了，还是想满足自己的野心和欲望，实现自己的皇帝梦。为什么一定要找个冠冕堂皇的借口呢？

这不禁让我想到一千多年后的海湾战争，历史为什么会这样反复？为什么千年过去了人类还是没有丝毫的变化？扩大版图的野心一直是人类的本能，没它世界就不是现在的世界，人类也不是现在的人类了。但我们什么时候才能直视它？

在正义的披风下掩盖杀戮，在微笑的面具里痛哭流涕，这样真的不累吗？

（有感于 2019 年 8 月，作者 12 岁时）

遇见令狐冲

——读《笑傲江湖》有感

金庸的《笑傲江湖》是我最爱看的一部武侠小说，我总是向往着书中令狐冲的浪漫情怀，向往他那自由自在的精神世界。

那天拿起《笑傲江湖》，看得正津津有味时，爸爸走过来了。"怎么还在看闲书啊！"爸爸眉头皱了起来，质问我。我抬起头看了他一眼，并不多做评价，就是回答道："好看呗。"爸爸摇了摇头："哪里好看了？我小时候也看过，也就那样吧！"望着他远去，我不禁心中生起了一阵厌恶，你难道就没有一点浪漫的情怀吗？想到书中那位英俊潇洒的男主令狐冲，我不禁暗暗许愿：快让我去跟令狐冲见一面吧……

一眨眼工夫，我真的进入了书中。

街头人头攒动，只见一些人正在比着武功，我心中暗暗思索着谁是令狐冲，忽然看见一群武艺高超的人在那里比剑。是了，令狐冲必在其中。忽然，一个女人的尖叫声划破天际。"令狐冲！终于找到你了！你家儿子又把我家窗户砸了！你看怎么办吧？"她大声嚷嚷道。一位身材肥胖的中年人听到这句话后怔了一下，收了剑，我能清楚地看到他发白的头发已经稀少了，背也微微驼了。我看见他喘着粗气向妇人走去，心中吃了一惊。

"你就是令狐冲?"我小跑过去问道,"你就是那个剑法高超、行侠江湖的令狐冲?"那张满是风霜的面庞上流露出尴尬的神情,努力挤出了一丝无奈的笑容,"唉,谁年轻的时候没干过傻事啊?如果还有机会,我一定好好学习,还能到朝廷上做官。不管怎么样,至少还能给孩子做个榜样,现在老了,连孩子也管不住了……唉,谁家没个难搞定的孩子啊?唉,待会儿还要给盈盈买吃的……"他一路小跑,一边唠叨着,还大声向那妇女道着歉,说着什么"我们家孩子一定也不是故意的""大家都是邻居,还要互相包涵"之类的客套话。

望着令狐冲不再矫健且略显狼狈的背影,我心中一动,继而满是伤感。是啊,年少时谁没有为梦想奋斗过?谁没有激情?但青春过去,他们身体也将不再强壮,终究会背负更多的压力,负重前行。令狐冲苍白无力的微笑萦绕在我的心间,让我想起我的父亲,是啊,他们燃尽青春的激情,给我们创造无忧无虑的成长环境,我们要做的,是对他们体谅和关爱。天下每个父母,都是我们心中仗剑走天涯的"令狐冲"。

(有感于 2019 年 10 月,作者 12 岁时)

投影仪

我永远都忘不了一个改变了我的伙伴，忘不了那无数个同它共度的或悲伤或激动的夜晚。

记得那天晚上，爸爸买了一台投影仪回家，给我放电影。"我可忙着呢，"我一边写作业一边不耐烦地应付着，"作业还没写完呢。"那时候我认为只有好好读书，次次考试优秀，将来上个好大学，找个体面的工作才叫真正的人生美满，除此之外一切皆是身外之物。爸爸听了我的回答，微笑地摇了摇头，"今天是周五，还有两天的时间学习呢，你就不好奇这个小玩意儿怎么运作吗？爸爸都给你找好电影《肖申克的救赎》啦，你就不想看看这部豆瓣评分最高的电影吗？"爸爸一边摆弄着那投影仪，一边说着具有蛊惑性的话语，最终，我还是勉强同意了。

电影开始时，我心思还根本不在电影里面，看着电影里的法庭，我满脑子想的却都是英语要背的单词。突然，震撼人心的背景音乐响起，我猛地被吸引住了，无辜与罪恶，光明与黑暗，透过那闪烁着的机器映入我的眼帘，在阳光下他们欢笑着，一缕缕阳光温和地照射在他们的身上，他们微微抬起头，憧憬着远方的自由。这是我在真实生活里从未注意过的普通风景啊，可如今在这情节中，在这轻松愉快的音乐下，在导演的强烈烘托下，它忽然涌入了我的心灵里，暖流开始柔和地从心脏流向了四方。

那夜的暴风雨在冲我咆哮着，那与世隔绝的日子，那无端禁锢的岁月，暴风雨怒吼着，咆哮着，抑制不住心中那狂野的怒吼，是挣扎，是绝望。忽然，一道闪电劈过，背景音乐、躁动绝望的画面已然化作一体，燃烧在我的体内，他站起来了，他站起来了，冲自由挥舞着双手，一切忽然恍如梦境一场……

电影结束了，而我却还停留在原地，内心久久无法平静，仿佛在思考着，又等待着什么。我微微抬起头，即使透过狭小的窗户，我所能看到的也只有那一块小得可怜的、穿插在耸立的高楼大厦之间的天空。那无端的禁锢已经不仅仅存在于电影中了，还有我那傻得可怜的生活，冲自由挥舞的双手仿佛还停驻在眼前，可情感中的激荡却已经被冷漠而平淡的现实而磨灭了，我忽然又一次听到了谁愤怒的咆哮与怒吼，回过头来才发现只是虚惊一场。不，这不是一切的终结，这不是……

那种思绪与情感的碎片时时支撑着我，有时候我觉得生活需要勇气，有时候我觉得生活还是太平淡了，总之当我那晚触摸到投影仪射出的第一缕电影的光芒时，我就知道，从此生活将不再"平凡"。每周六晚，我都静静地坐在家中，聆听着、体会着电影的世界，电影的诉说、画面与音乐对人的冲击，将一切元素铸造在一起强烈展示着整个世界。忘不了《海上钢琴师》中海浪波涛汹涌，奏起一曲又一曲曼妙而优美的歌舞；更无法忘却《恐怖游轮》那一阵阵绝望的迷雾带给我们的惊讶与震撼；还有烙印在心底的《泰坦尼克号》中夕阳下海洋上的美妙的爱情，那无与伦比的风景以及动人心弦的音乐。有的时候，透过那投影仪我仿佛看到了日落带去的一片悲伤，看到了向往的宁静的世界。仿佛看到了自己出去旅游坐在车上时，我的视线没有埋头于手机，而是停驻在窗外，看到了幸福的田野，繁忙的人们生活在那浪漫的小镇。我知道，车水马龙、高楼大厦连绵不绝的城市不是我的终点，埋头于繁忙劳务的田园也不是我的终点。我知道，总有一天，在那未知的远方，我会安详地躺在摇椅上，子子孙孙、年轻的人们围坐在我的身边，嬉笑着听我讲述我人生的故事，那覆盖在各个角落有平静浪漫的星夜，又有惊心动魄的精彩故事。透过它……透过它……哪怕依旧在那窄小的房间里，也依旧存在着爱与美好。

感谢那台投影仪，为我的生命平添了几抹绚丽的色彩。

（写于 2019 年 12 月，作者 13 岁时）

《勇敢的心》观后感

周末的午后，忙里偷闲地抢出几个小时打卡了一部经典电影——*Brave Heart*。这部电影较老了，但特效、表演等在如今看来也是一流的，特别是战场上杀敌的部分，有一种张力，不知不觉我就被完全代入那种气氛中了。

电影的情节相对简单，讲述了勇士威廉·华莱士为苏格兰自由奋斗的一生。当时正值英格兰暴力统治苏格兰的时期，英格兰国王控制着苏格兰当地贵族，并以此欺压当地百姓。而华莱士从小饱受欺压，他父亲因此死亡……最终在贵族为靠近他而杀害自己爱妻时终于忍无可忍，走上了反叛的道路。在临被处死前，人们逼他跪地求饶，他不肯，在生命最后的时刻说出了那句经典台词——"Freedom！"道出了毕生所有的坚定与怒火。当然那时残暴的国王已经身染重病，留下无能的儿子和能干又善良的王妃。同时苏格兰的王储在背叛华莱士的痛苦中开始觉醒，最终带领着苏格兰人民重新获得了自由。

但整个电影中最令我感动的并不是人们为自由的拼搏，并不是面对暴君的反抗，甚至不是对于那些麻木的贵族的唤醒，相反，却是那些平民以及贵族各自的挣扎。起初对于苏格兰有资格做国王的贵族的设定就让我感到颇有意思。作为暴君的儿子，王储其实软弱无力，每日活在对父亲的恐惧中，向往自由的苏格兰国王，却时时被他精通权力斗争的父亲耍得团团转，这恰恰说明了华莱士曾说过的："没有自由，即使有权力与头衔，其实也一无所有。"苏格兰的贵族，甚至英格兰的王储、王妃何尝又不渴望自由呢？只是作为平民，他们的所作所为只与自身有关，而自己本身一无所有。而作为贵族，他们认识中的"自身"涵义更加广泛，包含了自己国家的利益、土地的利益，从某种意义上使他们不能尽力追求自己真正想要的东西。哪怕灵魂受到了打击，却也只能含泪接受。"为了自己，就是为了自己的土地"，所以贵族们才会接受英格兰国王的封地和黄金。"受人者畏人，予人者骄人"，一场轮回，一个不合理的国家体系就形成了，每个人就变成了国王的奴隶，也变成了自己的奴隶，更变成了利益的奴隶……这就是为什么华莱士最后说："我只是想要自由、平静地生活，娶妻生子，真的这么难吗？"

有的时候回身照照镜子，你看到的是什么？棱角分明的面庞，是英俊的？是丑陋的？它的身份是什么？它有怎样的财富？又能创造怎样的人生？有时常常会想，自己对它到底感到骄傲还是自卑，是喜爱还是厌恶？不知不觉中，我总是在度量自己，自己的处境、位置、利益等。当度量自己成为一种习惯时，我们的目光又转向他人，于是，一道无形的墙逐渐横在人与人之间了，恐惧成为常态，虚伪用来自卫，真诚与热情显得无理而又令人不适。但世界只是如此来保障自身安全的，每个人内心深处总有一处沉睡着、等待着被唤醒的部分，它可以越过镜中的棱角，挣脱束缚，打破那一部分对自由的渴望与向往，打破那一堵堵人与人之间无形的墙，真真切切感受他人的痛苦，其实人人都是平等的。我们过度重视自己的附属品时，无意中忘记了纯粹的灵魂，其实一副副肉体束缚的，何尝不是一个个好奇的、充满渴望的、等待被救赎的灵魂？从某种意义上讲，我们又何尝不是彼此的一部分呢？

那一句"Freedom"不知为何在耳边回荡……

（有感于 2020 年 10 月，作者 13 岁时）

余晖下的背影

——读《我的前半生》有感

国庆节假期的一个下午花三个半小时，拖着没写完的作业，草草看完这本《我的前半生》，总体感觉还是值得的。说来也是缘分吧，在国庆这个特殊的时间，来到天津，去逛街角处的网红书店，恰巧碰到一本已经拆封的关于张国荣的书。印象最深刻的是书中讲电影《霸王别姬》本来可能会让尊龙担当主演。尊龙？我知道他演过什么。于是《末代皇帝》这部电影在接下来的时间里反复出现在我的脑海中。接下来去参观 The Astor Hotel Tianjin——天津利顺德酒店。这家见证了历史兴衰，在时代的洪流中屹立不朽的酒店，有着一种独特的魅力。实话说，近代史一直都是我最喜欢的一段历史，它在复杂黑暗中带着一缕光明，在不同视角的凝视下呈现出不同的样子。那一段的历史是进步的，也是腐朽的；有乱世中的英雄主义，也有无知中的荒谬。谁又能评判这一段历史呢？天津利顺德酒店尊贵优雅的外形，远远比不上多少年以来它经历的风霜历史对我的冲击力之大。行走在博物馆中，听着一段段的解说，想着殖民主义冲击下迸发出的文化。在餐厅转角处，那个刹那，我看到了中西餐并存的餐谱，也是在那里，看到了溥仪和婉容用过的餐具。溥仪，大概也和这座饭店一样，见证了太多太多的变革吧？

早在看《六个说谎的大学生》之前的某个晚上，和友人聊天，在聊到金庸笔下女性角色的"恋爱脑"之前，我就在想这个问题，究竟是谁来评判历史啊？那天我想，是不是这个世界上只有一种罪恶，那就是无知？偏见与歧视是对人与人之间的平等关系的无知。对于溥仪，我的印象其实是割裂的。那个哭着退位的小皇帝，那个被掳去在东北建立伪满洲国的傀儡，历史一笔带过，我以前从来没有注意过这个其实并不起眼的人物。一个懦弱、可怜而无能的只追求享乐的人是我主观臆断的印象。在天津利顺德酒店，不知道为什么，我忽然感觉到他身上具有很多矛盾的点。他是一个见证时代变迁的人，在那个动荡的时代，在那个中西交融的时代，在那个封建与民主并存的时代。我想继续追问：这些年他都经历了什么？作为封建的象征之一他在新的时代看到了什么？他随日本人建立伪满洲国的时候究竟在想什么？他知道自己在做什么吗？他对自己经历的这一切变化有什么想说的吗？他自己看待问题的角度究竟是怎样的？他真的就是我印象里（照片中的他看起来也是一个十分瘦弱的人）那个很无能、很软弱的懦夫吗？那么，回归到历史中，是什么导致人们形成那些人生观和世界观？人们又是怎样被卷入历史的洪流中的呢？这个思路，可以被用在很多历史人物的身上。

回家之后我最先看的是《末代皇帝》，看的时候时刻都在怀疑，一种对于东方的偏爱吧，时刻都在警惕着电影中来自西方不怀好意的凝视，特别是片头的宫廷生活，昏暗的画面和我习惯的古装剧很不一样。

饰演成年溥仪的尊龙长得很帅，英气十足，彬彬有礼，让观众对溥仪充满了同情与信任。电影里，他是一个从小就接受西方思想教育长大的孩子啊。我喜欢电影中多次出现的文化象征。口袋里的小鼠，正如他是鼠年退位的那样，象征着一种理想、一种渴望吧。The secret，正如庄士敦说的，这种渴望对于这个皇帝来说可能只能是一个秘密，永远不能让别人知道。说实在的，看的时候觉得这一段有一点荒诞：一个整天生活在宫廷中，衣来伸手、饭来张口的小皇帝为什么会懂得那么多进步的思想？为什么有那么多细致的问题去问庄士敦？但是他那种被囚禁的痛苦还是很好理解、很实际的——渴望了解外面更广阔的世界，却无奈城门一再为他关闭。一种痛苦，一种孤独，从进入紫禁城的那一刹那就注定了。后来他的母亲死了，愤怒之下，老鼠被直接扔到城门上摔死了，大概也是心理的一种转变吧。那个时候他还是会反抗的，与失魂落魄地追着婉容、眼睁睁看到宫门关闭时的无奈、恐惧形成了一定的对比。不变的是两次"挚爱"离去，他都无法走出被囚禁的命运，回到改造营后亦是如此。婉容和文绣的到来无疑给他的生命带来了一丝安慰和欢快，哪怕皇后也是一个同样渴望西方生活的人。可是安逸的生活总会结束。很心疼的是那天婉容去找他，他第一反应是拔枪问"是谁？"，这种下意识的不安全感，让人不难看出——不管衣装如何现代，不能改变的是他作为晚清遗民的身份，他不属于这个时代，他的存在对于那些渴望权威的人来说就是威胁。

　　他自己也深知这一点。离开了紫禁城，就是离开了保护。在天津不管再怎么快乐，虚度时光，那种平民的生活也是他所不能适应的。日本人循循善诱，赢得了这个从小孤独、缺少自我意识的男孩的信任，最终对他实现完全的掌控。日本战败后婉容来看他的笑话，那一幕让人十分心痛——曾经那个同样渴望自由生活的女孩，曾经那些在紫禁城中共同度过的美好光阴……如今灰暗的色调，她如今只认识他，但他已经变得如此不堪又疯狂了，最后的体面是关上门，离开这个曾经伤害自己的男人。溥仪就是这样，习惯了与心爱的人分别，内心的凄凉孤独或许很难被理解。

再后来很讽刺，改造营努力让他变得独立，可是摆脱曾经的地位后，曾经骄傲的天子如今是一个生活都不能自理的人。依然是灰色调，不变的囚笼，不变的禁锢。结尾的处理很好，1967 年的那一天，溥仪重返故宫，再一次回到了那个地方，男孩问他："你怎么证明自己是皇上呢？"他回到座位上，取出了那只蛐蛐，是片头时小皇帝找大臣要的。男孩打开盒子，放出了那只蛐蛐，终于，它自由地跳出来了。回过头，那个年迈的男人已经不知去向……蛐蛐象征着溥仪，在登上皇位的那一刹那，他的命运就已经被书写了：一辈子在被监禁，一辈子都在告别，一辈子都在彷徨，一辈子背负罪恶。或许只有死亡的那一刻，他才真的自由了吧。是啊，出了紫禁城、逃离了伪满洲国、离开了劳动改造营的他依然不是自由的吧？社会依然在用无形的枷锁束缚着他。

看完电影后，浓浓的压迫感袭来。难以接受，痛苦。我喜欢这部电影，因为它给我的代入感很强，拍得很真，通过艺术手法（灯光、画面等）展现的层次很丰富。我又不喜欢这部电影，因为它太残酷，我不知为何无法逃避偏见：拍摄者是西方人，他们可以全身而退地嘲笑一切荒谬、愚昧、落后、混乱。因为他们在电影中，可以自始至终保持冷漠，那个时代，对于他们来说，可能确实应该被这样对待吧。

（写于 2023 年 10 月，作者 16 岁时）

历史的横截面

——读《紫禁城的黄昏》有感

阅读这本书，是我以国庆长假期间在天津利顺德酒店的邂逅为序，进一步对溥仪以及背后那一段动荡、复杂、不同利益与思想不断摩擦的时代进行的探索的一部分。我认为那一段近代史之所以重要，是因为在黑暗与动荡中，中国历史不同的侧面被展开了。正如溥仪自传《我的前半生》中所说，"我过着一段荒诞的生活，之所以荒诞，是因为墙外是一个民主的新时代，而高墙里我依然过着十九世纪的生活"。那一段时间的中国是割裂的，是动荡的，是充满不确定性的。谁都不是先知，我们回过头，设身处地将自己放在那个时间，也会问出这样一个问题：吾将何去何从？

提到溥仪，想到的是一个三岁登基、六岁下台的小皇帝和一个建立丧权辱国的伪满洲国的傀儡皇帝，是一个追逐落日的可悲背影，是一个不可被原谅却又值得同情的腐朽形象。但是翻开这本书，似乎又能看到他不同的一面。他会用英语交流，会关注国际大事，受当时进步青年思想的影响，他也曾与胡适会面，他喜欢穿西装，在紫禁城内就把自己的辫子剪了……在书中我们可以看到庄士敦如何尽最大的努力给溥仪营造一个在孤独、禁锢中相对自由、正常的童年生活。虽然庄士敦不支持其中观点，但他还是为溥仪带回来《新青年》；虽然与传统相违背，但是在溥仪视力下降时庄士敦力排众议，坚决为溥仪配了一副眼镜；虽然大量王公贵族认为故宫意味着一切，但庄士敦依然一再争取，让溥仪能够在颐和园有一个接近自然、更加健康的成长环境。在那个皇室生活相对腐败、皇帝身边的大臣与其他保皇党相对迂腐的时代，能有如此一位老师似乎也难得。在他耐心的调教下，溥仪自然也是一个富有生机的年轻人，而并不是想象中完全被封建的黑暗所吞噬的样子。

溥仪的选择其实也不难理解。虽然前路有很多的选择，而溥仪却选择了一条不归路——叛国之路。这个无法让人原谅的选择背后也有其内在的思想根源和逻辑归因，毕竟当时的政治局面并不明朗，溥仪的心中也就没有国家的概念，只有一个又一个辜负了他信任的政权，和满洲那边挥着旗子笑着迎接他的日本小学生。总之这本书其实也让我们看到了溥仪不同的一面。

总而言之，在阅读这本书之前，我读了《我的前半生》并观看了电影《末代皇帝》，几部作品的创作背景大不相同，视角也十分迥异，但关注的基本是同一段历史。我觉得回顾历史，不论材料多么严谨，也总是会具有一定的主观性。史料不仅仅是一段文字、一段影像，更表达了作者自己的情感、诉求、理解。

（写于 2023 年 10 月，作者 16 岁时）

Did she really find her style?

——电影《穿普拉达的女王》观后感

《穿普拉达的女王》是安妮·海瑟薇主演的经典电影之一，其中女主从开始的职场小白逆袭，赢得了刁钻老板的欣赏，从丑小鸭变白天鹅。这个故事深受广大观众喜爱。在观看这部电影的过程中，我惊喜地发现这部电影背后的内涵和值得分析、学习的东西很多。一直以来，我都非常喜欢好莱坞的经典电影。我认为经典商业片的价值不仅停留在票房，其广受欢迎更多是因为传递的很多价值观深受大众共鸣。通过分析商业大片背后传递的东西，我们也可以了解到现在社会真正想要的是什么，大众认可的审美价值是什么样子的，以及在现有社会的分工和权力结构之下大众普遍存在的担忧是什么。

《穿普拉达的女王》的故事背景是 2006 年，也是我个人认为美国由消费推动的经济持续发展的一个时间段。在接下来的文章中，我希望采用现代性的分析从个人再到社会的层面分析《穿普拉达的女王》如何体现了现代对个体人际关系的影响，以及《穿普拉达的女王》中又有怎样的现代性的担忧。

这里，从个人层面，我们来分析一下女主人公 Andy 的特点和发展变化。三个问题：Andy 这个人物形象究竟代表了什么？她为什么可以成功？对于她而言，"成功"意味着什么？

　　回顾主人公 Andy 的成长经历，Andy 是美国 Northwestern University 新闻专业的毕业生（这所大学的新闻系是全美闻名的），这样的美国青年应该符合社会精英的定义。她在校期间主办多个学校的校刊，足以体现她很大的野心。此外为了做记者，她放弃有着更好"钱途"的斯坦福大学法学院。这里一方面看得出来 Andy 的实力很强，目标明确；另一方面这样的人大概也不会随便被世俗所绑架，会相对理想主义一些。特别是一开始进入时尚行业工作时，对时装不屑的样子也让我们看出她的理想主义倾向，而非迷失在物质生活中。这两方面的定位也就表明和解释了 Andy 旺盛的好胜心、强大的工作能力背后其实是她明确的自我定位和实现目标的动力。

　　这里补充一下，我感觉大多数人都在浑浑噩噩地工作、生活，不知道自己究竟在干什么，缺乏野心和梦想，然而，女主一开始就是一个有明确的理想和追求的人，而且显然也非常聪明，所以她把在时尚杂志行业的工作当作跳板，而没有真正把它当回事，所以这只是一份"工作"，而她这种只把它当作"工作"的态度也一开始就吸引了 Miranda。从某种意义上说，他们就是一类人——有野心，有斗志，认为自己可以成就一番事业。这其实也符合了领导 Miranda 对待工作的态度，也就是在所有的优先级之中，完成自己需要完成的首要任务是最重要的，井井有条地安排好一切，最终实现自我价值的追求。这样的工作态度是符合现代社会的特点，以及现代社会对人的要求的，这一点我们后面会说。

　　刚开始工作的 Andy 和大多数刚步入社会的大学生一样并不顺利，然而由于她具有强大的信念和不服输的精神，支撑着她发挥自己强大的工作能力，最终一步步为自己赢得了身份"升值"。在女主工作的过程中，我们看到她强大的工作能力展现在下面几个方面：

（1）Resilience：在经历"挫折"之后可以迅速弥补，迅速开始学习，永远都是以一个不断学习的身份出现，和 Emily 形成了鲜明的对比。后者一直认为自己特别了解一切，所以其实也在故步自封，也并没有 Andy 的野心和强大的工作能力。在这个环境中，从一开始的格格不入，到减肥、提升衣着品位、迅速进入工作角色，她显示了强大的 resilience，她只想把工作做好。（2）Ambition：Andy 一直都很清楚自己想要的是什么，她很有主见，所以一直都是她在选择，而且对待自己的选择她完全理性。比如当他的爸爸说她的工作不好的时候，她清楚自己是为了什么在努力。（3）Social network：Andy 很简单地就建立起了一个通过打造个人魅力而形成的关系网络，不管是设计师帮她选服装、打造妆容还是后面认识私生活混乱的 freelancer，其实都能很好地给她提供她所需要的资源。这个对于她来说还是很有帮助的。（4）Reliance：最后，很重要的一点就是她很"靠谱"，执行力很强，不管什么事情都要百分百努力，比如极限挑战临时背名单，最后真的起到了作用；比如别人不能做到的《哈利·波特》未出版的手稿，她可以通过关系搞到，都说明了可靠性这一点。特别是最后她还表现出了忠诚，在了解信息之后第一时间和 Miranda 分享，虽然超过了本职工作的范畴，但是她真的很努力地忠于领导 Miranda。

　　以上这些都是一个员工对工作的付出，也是让她在 Miranda 心中具有不可替代性的原因。当这种不可替代性被变现时，自然也就带来了货真价实的"利益"和"特权"。从去巴黎，到最后获得工作推荐，其实也都是她价值的体现，所以其实和她一开始冲着去提升简历的目的是一样的，最后她的变化是焕然一新的。然而，从某种意义上说，她作为一个员工的价值其实很多都源于她的固有品质。

这些固有品质中很多也符合现代社会对人的要求。

Andy 最明显的内核转变是从最开始的"没有 style"到最后"She found her style"。Andy 的转变是由内到外的两重转变。

首先,是外在。Andy 最开始的着装是很普通的,但是到最后去面试时她穿的衣服已经是她认为足以代表她自己个性的。这种外在转变背后反映的本质其实是实习工作对她个人认同所带来的影响。着装和其他社交标志一样代表的是一个人的社会认同。在这个过程中她经历了一个从不了解社会中自己的社会身份,到特意满足她的社会身份需求,再到自己打造符合自己需求和自我认同的社会身份。这种变化其实也是符合消费主义和资本主义的——好的外表,高贵的社会身份,其实也是人价值的一部分,也带动了经济的繁荣。但其中自我认知的部分又是超过了纯粹的理性的:人的全部价值和意义并不是为了"工作"和满足"工作带给我们的社会属性",也应该在其中找到自我。这里非常讽刺的是,那些服装设计者们口口声声喊着这样的口号,却在价格的裹挟中丧失了自我,而成为权力、潮流、资本的奴隶。

其次,我们也可以深刻地发现 Andy 的认识发生了觉醒。电影开始的时候 Andy 认为工作和理想非常重要,她被自己的野心所驱使。虽然她并不是完全功利的,但她的"不功利"是无意识的。在经历了 Miranda 用前途逼迫她亲口告诉 Emily 机会被抢走后;听设计师说事业成功却被珍视的朋友一个一个无情抛弃后;在看到设计师等待很久的工作仅仅因为权力斗争而被牺牲掉后……Andy 终于开始意识到了"生活本身"的重要性。或者更详细地说,就是在利益之外,做一个"好人"的重要性。这里其实就更多联系到现代社会的概念和理论了。因为我们从小受到的教育往往都十分功利,我们相信的都是"规则"而非每一个身边的个体（毕竟身边都是陌生人），这样的交往模式就意味着我们是被利益链接和绑定在一起的。而这种绑定使我们在选择中强调理性、量化、利弊分析，我们彼此信任的根基正是大家都普遍遵守的游戏规则。但是在很多"落后"的地区和传统的文化中，道德、家庭关系、伦理才是建立信任的根本。具体而言，他们在选择中主要看的并不是是否会从中"得利"，而是这样的选择"是否符合道德"。是否相信个人的标准也是看"这人是不是个'好人'"。不论如何，我们很难看到一个社会是"纯粹理性"或者"纯粹感性"的，只是理性倾向和感性倾向、道德感的高低存在一定差异。在社会中，往往是理性和感性共同约束着，促进人们相互信任。生存目标本质上是理性和自私的，但是这个生存的目标之外，我们总还是需要相互温暖，而这又是感性和无私的。理性的一面往往也意味着人性中的自私和贪婪，道德的一面则更多意味着无私和高尚。如此看来，自私和无私在社会中真的缺一不可。

在影片中，我们却看到了可怕的一幕：在资本主义无情的理性和利益驱使下，人们忽视了社会层面上"无私"的人性，因此人和人的关系变成了一种扭曲的、缺乏温情的、令人痛苦的关系。Miranda 是其中最大的"受害者"也是"加害者"。抛开作为上司冷酷的形象不说，我个人认为更加有趣也令人心痛的是 Miranda 对于"母亲身份"的理解似乎也深深受到了这种功利主义的影响。对于 Miranda 而言，母亲其实也是一个"职位"、一份工作。她真的享受作为妈妈看着两个孩子长大的过程吗？或许是的。但我们更多看到的却是她在努力完成母亲为了女儿应该做到的"任务"，不希望让女儿"失望"。我们看到，她努力地想要赶上女儿的演奏会，让她的助理给女儿找到新的《哈利·波特》未出版手稿，在离婚后最失落的原因是让女儿失望。似乎她的心里有一套公式，告诉她一个完美的"妈妈"应该是什么样子的，而其中她却忽视了重要的两个字——"感情"。是的，就算她真的做到了这一切，她的女儿真的可以感受到她的爱吗？对于女儿来说，究竟是父母的出席更重要，还是父母的爱更重要？大概答案是都重要，两者是相辅相成的。但是如果时间有限，对于一个孩子来说，是不是有限的、在一起的每分每秒都感受到父母情绪上的爱意，比永远假装出席却永远都不在意自己的父母更好？多少孩子，即使不和父母在一起，却坚定地相信父母依然爱着自己，甚至当父母离开人间了，也会相信他们在天上看着自己。这种对父母感性的爱意，这种不同于理性的东西，给孩子带来的难道不是更深刻的幸福和受益终身的满足吗？

说到这里特别想要提到的还有消费主义对女性的影响。注意在这里，我指的女性并不只是生理意义上的女性，而是一种社会意义上的女性，即女性作为一种社会身份。女性真的是很奇妙的身份！我们可以看到一直以来这种身份背后聚集的理性与感性的矛盾。抛开具体现实的挑战，比如社会和职场的要求不说，我想在这里以Miranda为例聚焦女性身份在充斥着金钱、欲望的资本社会被激化的最本质的一组矛盾：理性与感性的矛盾。了解了这组矛盾，我认为也就可以更好、更客观地看到今天女性在职场上的纠结和痛苦，并思考如何解决这一矛盾。当 Miranda 三番五次"被离婚"、被指责为"女魔头"时，Andy 作为一个女性自然而然为 Miranda 辩护的就是："如果她是一个男人，那么这些问题自然而然就会被忽视掉了。"我们可以看到职场中，精英女性现在的生活确实面临着问题。女性精英被污名化来源于社会对女性苛刻的要求，也就是女性不能公开暴露自己的欲望和好胜心。《女孩们的地下战争》这本书中也解释了为什么女生之间的友谊和关系有的时候如履薄冰，而且女生之间的报复手段有的时候看起来格外冷酷、残忍，甚至虚伪。在电视剧 *Mean Girls* 中我们也可以看到，Plastic 小组内，女生们一边做着对朋友残酷的事情，一边又维护着自己优雅、"完美"的身份，且不能公开地表现自己的竞争欲望和能力。我认为另一个在各个不同文化中共有的现象就是女性社会身份背后的"母亲"形象给女性强加了一个"无私而感性"的要求。潜意识里，大众会认为女性就应该温柔而体贴，就应该是感性的。这种对于女性的定位恰恰与理性的现代关系不相符。一方面，在现代社会，女孩们见识到的社会"成功人士"都是理性并冷酷的，是有"实际价值"的，并且是善于利用"实际价值"的；另一方面，受母亲等社会责任要求的女性又被要求是"感性"的，维持一种基于"情感冲动"和"无私"的社会形象。由于后者脱离社会普遍的价值追求，却又需要被女性接受强加在身上，不论如何选择、如何取舍，女性在社会上的行走都必然是"如履薄冰"的，似乎在矛盾中寻求平衡最终往往都会走向注定的失败。这些精英女性面临着前所未有的巨大压力。在现代化的社会中，女性似乎永远都无法获得所谓世俗的"成功"。

在了解了这种矛盾之后，我们再把重点放到电影中 Andy 另一个被一笔带过，但实际上却非常重要的身份——记者。对于 Andy 来说，记者是适合她的，大概是因为她想要通过媒体伸张公平正义。她认为媒体人应该有独立的精神，即要做一个不能随意被金钱收买、保持正义和廉洁的人。

Andy 的梦想似乎是整部电影中最终的"高光"。事实上，记者这个职业真的是这样吗？真的能给她她想要的一切吗？

这个世界上，很多人一辈子摸爬滚打，稀里糊涂都看不懂游戏规则；也有的人睿智灵敏，一辈子致力于了解游戏规则，早早把游戏打通关；而真正有大智慧的人，不仅深深了解游戏运行的规则，还参透了规则背后的逻辑，想明白了如何优化这套规则，思考如何在规则之上建立一个更加美好的世界。正是因为这种复杂性，使很多社会研究难以把握，难以受到足够的关注、尊重、理解。古往今来，多少有识之士，被沿途的风景所吸引，毅然决然地踏上了将才华"变现"的享乐中；又有多少有识之士，在参透一切之后毅然决然选择抛弃人性，以为这样就可以永远逃离一切纠纷和一切无解的困扰。

在分析完主人公 Andy 和她背后所展现的这个世界之后，我们再放宽视野，回到关于现代社会的问题讨论上。不得不说，电影的选题非常讨巧，很多时候服装和时尚产业恰恰反映出了现在的社会权力结构。是啊，这样的社会权力结构就是建立在金钱和消费主义之上的。现代主义最恐怖的内容无非就是当我们深深地被"标价"、选择、利用时，我们也就容易丧失自我。人也就变成了一个个被标价、选择、利用的商品。当然，我这里对于现代性的讨论其实大概依赖马克斯·韦伯的 modernity 和 bureaucracy 理论。他认为本质上现代社会建立的基础有三个原则，下面会分别说一下这三个原则，和其在电影中是如何体现的。

Calculability——这一点就是对于金钱赤裸裸的考量，每个人都在理性地考虑得失，并依靠自己的得失作出决定。

Methodical behavior——不论是 Miranda，Andy，还是设计师都在努力做好本职工作，当 Andy 问"我还有没有可以帮您的?"的时候，Miranda 毅然决然地回复了她"做好你的本职工作。"从那一刻开始，我们就不被当作一个个有血有肉有感情的"人"了。这里提到的这部分"工作"其实也都是机械化的、是设定好的东西，也就是我们的职业和身份是在自己本来的框架内规定好的。

Reflexivity——在现代社会中，我们需要不断反思、不断自我纠正。这也就是现代社会不同于传统社会的地方，现代人会不断自我纠正，自我纠错。

那么了解这一切之后，Modernity 最令人感到恐惧的一个部分是什么呢？我们相信的不是身边一个个活生生的人，而是这个社会体系和背后的货币规则。Modernity 其实需要的也是平衡，保证它的原则不会被利用得过了头而使人丧失人性。当人们已经深深地相信这套体系并陷入其中时，担忧的就是我们永远被困在这样一个社会体系下了。当人已经不再是人了，我们就算有再高的地位，再好的生活又能怎么样呢？这是这部电影值得我们反思的地方；是每当我们功利化地计算自己的生活、职业，教育自己的子女时都要不断在意的问题；更是在我们告诉自己不要"浪费时间"，当我们在高呼这个世界不需要艺术、音乐、娱乐，不需要爱情……不需要那些"不赚钱"或者"没有意义"之物的时候，需要警惕的。

（有感于 2024 年 1 月，作者 17 岁时）

行在路上

飞过，而不是错过

坐飞机对于现代人来说，早已习以为常。坐在久违的窗边，我看着窗外。那一刹那，我忽然看到，窗外的云是一条分割线，将一切分为两个世界——天和地。

土地——我们的母亲，环抱着树木，还有高楼大厦。飞机飞过贫瘠的土地，来到富饶的城市，大厦拔地而起。飞机穿梭于空中，我注视着地面，眼前的风景总是变化无常。

飞过，越过，眼前的风景不同，想象中的未来也不同。

（写于 2018 年 2 月，作者 11 岁时）

彼 岸

——记英国之旅

（一） 伦敦

在海的彼岸，有这样一个国家，一个文化悠久的"活"的博物馆，一个诞生了无数故事的"城堡"，一个今年夏天给予我无限欢乐的地方。

在彼岸，有这样一个国家，平静如清潭，沉稳又古老。我只能看见她踏着优雅的步伐向我走来，我愿意让她走过我的记忆。静静地走出地铁站，走过特拉法加广场，迎接我的是真正的伦敦。伦敦的美丽或许就在于古老的街道和衣着时髦的女郎们。每个街角，每条小巷，每个广场，都诞生过无数故事。

古朴的查令街，金光璀璨的温莎堡，还有伟大的大英博物馆。

然而，在美妙的英格兰，最令我记忆深刻的，是这一件事。

第一天上午，拖着疲惫的身体，我们上了地铁。伦敦地铁线路多，十分方便，除了价格和中国比没优势，还有格外重要的一点——没有手机信号！

中国地铁有手机信号，而英国地铁没有，这或许就是中国地铁的优势吧。伦敦是个优雅古典的城市，有自己的独特魅力。几乎每个街角、每个电话亭、每个车站，以及每个建筑物都有独特的古色古香的味道。又或者正因为如此，每年有无数游客前来参观。

真正重要的也许并不是建筑本身，而是建筑的理念、精神，只有真正有文化内涵的东西才值得纪念，否则根本没有意义。

（二）西敏寺——为什么"教堂"有多种英文名称？

这个假期，在英国，我们参观了许多教堂。有一次，我们要去威斯敏斯特大教堂（Westminster Abbey），在导航软件里搜索"威斯敏斯特大教堂"，结果却被导航到了 Westminster Cathedral。然后，经过几十分钟的跋涉才终于到了真正的目的地。于是我一咬牙，就写了这篇文章。

大家熟知，也是用得最广的是 Church 和 Cathedral。Church 一般是基督教堂，而 Cathedral 是天主教堂。同时，Church 又是教堂的统称，一般包含各类宗教活动场所。不同派别的 Church 风格各异。

说到 Cathedral，就是较大、较辉煌的教堂，而且大多是一个建筑群，译名为"主教座堂"。随着教区变动，一个 Cathedral 也会随时被教皇撤去。这时这个建筑就无法享有"主教教堂"的称号。Cathedral 又可译为"大教堂"，所以 Westminster Cathedral 翻译成"威斯敏斯特大教堂"是顺理成章。

还有一个单词——Baptistery。Baptistery 这个词很特别，指的是洗礼堂，是受洗礼用的场所，洗礼堂中会有一个洗礼池。

手机地图上显示前方 50 米到达目的地。我激动地抓住身边的陌生人，看到了不远处高耸入云的 Abbey。Abbey 翻译应为"修道院"或者"寺"。这也是为什么"威斯敏斯特大教堂"又称为"西敏寺"。在英国，多指国教新教的修道院，由院长进行管理，神职人员学习神学知识、进行培训的地方。一般修道院规模不会小，含有图书馆、隐修会、神学院、教堂等。总之它是个独立的宗教机构。

参观完毕，听到唱诗班的歌声，一下恍惚了，实在太神圣了，都不敢呼吸了。直到听见身边的人说了个"Basilica"的词。"Basilica"是个比较少见的词，最开始指古罗马时期的一种建筑风格，后来也指地位特殊的教堂。

（有感于 2018 年 8 月，作者 11 岁时）

一年中最好的季节

"燕子去了，有再来的时候；杨柳枯了，有再青的时候；桃花谢了，有再开的时候。但是，聪明的，你告诉我，我们的日子为什么一去不复返呢……"

你说过，你别无他求，只愿在手中牢牢握住他；你说过，你愿用你的一切找回它，用墨迹将它填满；你说过，她若能再一次出现在你面前，你便不会再许下别的心愿；你说过，一切等待只随玉兰花一同绽放。

手中牢牢握住的花儿，终究谢了。

笔上蘸满的墨汁，终究干了。

梦呢？它只留下了残影，此刻，随着眼前她的身影越来越清晰，梦正在一步步地碎掉……

玉兰花呢？待它含苞欲放的时候，待它快要成形的时候，你去了很远、很远的地方……

飞机离脚下的土地越来越远，心里涌起一阵一阵的悲伤，会不会去了以后把手机弄丢？房卡丢了怎么办？演讲的会不会讲不完？我叹了口气，飞机越飞越远，飞过大海，飞过山川……待它停下来的时候，12 个小时已经过去了，我们早已飞越了半个地球。我为什么要去这么远的地方？去参加 MMUN 国际青少年模拟联合国纽约峰会，伴随一场场磋商，我们将学会很多，懂得很多，视野更广……

坐在会场的椅子上，看着来自世界各地的孩子，我心里不由得有些紧张，随着几声锤响，会议开始了。主席们首先让我们作自我介绍，老实说，待我还未反应过来，已然轮到我了。现在回想如噩梦般……在场的人有目共睹——"呃……"我站了起来，内心无比崩溃，由于太过紧张，过了好久我终于张开了嘴，"呃……啊……唔"地进行了自我介绍，英语自我介绍里不由得掺进了许多自创的单词。看着那些英语母语国家的孩子都一脸蒙地望着我，我的心脏瞬间如同在悲怆地嘶鸣着、叫喊着，纷乱、快速地狂跳着，完了完了，说错了，说错了，我不禁想。就这样……我红着脸又坐下了。事后再说起这件事，我的室友兼搭档、帮了我许多的好人杨某某跟我说："开场自我介绍没说好真没什么的，之后再好好表现就好了。""是啊。"我附和道，"以后想想自己在如此国际化的场合都说错过英文单词了，英语课、语文课上发言还有什么可怕的?"当然，后两句话虽然只是玩笑，但不能说完全没有掺杂我的真实想法——从"说懵"外国人的那一刹那开始我就已经自我反省了，总体问题归根结底分三个层次：第一，心理素质不行，平时在课上我就不热爱发言，总做倾听者（虽然我听得很认真吧），怕一发言回答得不是很理想。但此刻我明白了，在课上积极发言能够锻炼语言表达能力及反应速度，对于避免发生这种意外一定是很有帮助的。第二，英语练习得不够，要多练习发音。如果发音很好也不会沦落到这等地步的。第三，还是太斤斤计较，太小气了，不应该因为这点小事纠结这么久。这个故事的最终结局还是很美好的，感谢朋友天使般温柔的话语，如同盛夏的一场雨，滋润着万物，在这悲伤中画下了一抹喜色。

最令我喜爱的一个夜晚要数 Social Night 了。那天，我的书包有些特殊，沉甸甸的，装了许多我的书法作品。但我还是没打定主意什么时候把这些字送出去。进了舞厅，时间转眼就过去了，我赶忙抓起自己的书法作品就往外跑。舞厅内外完全是两种天地，舞厅内人们蹦蹦跳跳，音乐响起，一波又一波高潮来临。再看看舞厅外，少了几分享受，多了几分焦急，茫茫人海中一队一队整齐的人马正排队离场，有的疲惫，有的兴奋，显然他们的心思已放在回家休息上了。我本想鼓起勇气把字送给谁，但最终还是向祖老师求助了。两双眼睛在人海中寻觅，不久就锁定一个目标——在焦急的人群中，只有一个男孩和他妈妈从容地说笑着。我们大步走过去，从包里掏出一个柔中带刚的"儒"字，一旁是两颗朱砂的印章，雅俗共赏。一股迎面扑来的中国味也感染了我，自豪感油然而生。我们讲了一会儿"儒"字的含义，看到他笑着说"Wow, amazing"的时候，我更别提多有成就感了。我始终觉得，我手中握着的是中国的文化底蕴。眼中见到的虽是手中的作品，闪耀的却是中华文化的光辉。之后送出的无论是潇洒的"龙"字，刚强的"义"字，还是谦卑的"孝"字，无不蕴含着、闪耀着这种光辉。

文章写完了，此时窗外漆黑一片。玉兰落在土壤上的花瓣还依稀可辨。人生就是这样，错过的总是最好的。信念是个可怕的东西，你知道记忆并没有走远；你知道花谢了，但根深蒂固，树干还在，花总是会再开的。

后　记

忘不了那年秋天，更忘不了秋天的哈德逊河，是它打开了我窄小的心室，让那心室变成一汪广阔的湖。

记得那个萧瑟的秋天，我随学校来到纽约参加"模拟联合国"

的活动，开会当天本应是愉快的一天，当所有人都在欢庆时，我却无论如何也愉快不起来：碎了的手机、酒店忘记打扫的房间、在无数人面前发言时用错的词语、会场上丢人而又糟糕的表现……我的心中无比委屈而又孤独。坐在大巴车上，望着一片悲凉的秋景，心里越发难受。"在几十个不同国家的人面前哪，"我自言自语地责备自己道，"你怎么能发挥得这么差？太丢人了，明明准备得那么充分，为什么发言时却连一个字也说不对了呢？现在可好，手机碎了，又丢了这么大的脸，唉，当初就不该来……"望着窗外飘零的树叶，我感到自己的心都要碎了，泪水在我的眼中来回滚动，我拼命地看向四周，让泪水不要流出来，但透过车窗看到一汪荒凉的湖水在秋风的拍打下波涛汹涌的样子后，泪水冲出了眼眶，我的视线模糊了，不知道自己哭了多久，只是感到无数落叶如同从我身边落下，无限苍凉。

"同学们，下车啦，我们到哈德逊河啦！"在老师的提示下，我回到了现实，下了车。看到哈德逊河的那一刻，我的心中一动，一切苦恼仿佛消失了：哈德逊河是那样宽阔，那样美丽，在如此悲凉的秋日却依旧那样坚毅，任那秋风呼啸而去，依旧缓缓地向前流去，从远处看去，一片祥和、宁静，引人深思。我惊讶地想起了大巴车上望见的那一汪湖水"波涛汹涌"的样子，如今在哈德逊河的平静面前显得如此渺小。是啊，哈德逊河边的小草泛黄，但却显现出一种特有的生机，它们争着抢着要秋风把它们染成金黄。是啊，不能一味地因为眼下的处境而悲伤，更要为改变它而奋斗；越是窄小的湖泊越有暗流，而真正大的河流却总是平静。就着哈德逊河里我的倒影，我深思——自己因为一点点小风拂过就内心翻滚不断，那么狭隘。我释怀了，秋天的美好充实了我，秋风仿佛在同我玩笑，推着我，我奔跑着，在这美好的秋天，奔跑着，向未知的远方。

　　人生的过程就是与自己和解啊！在这个美好的秋天，我认识了胸怀的重要性。愿我们的心都如这秋天的哈德逊河般平静、祥和。

（写于 2019 年 4 月，作者 12 岁时）

最美的风景

——柬埔寨"水上人家"

什么是最美的风景？一想到这个问题，我脑海中瞬间浮现出了无数精妙绝伦的画面。可是今天我想说的，却是一个叫洞里萨湖水上人家的地方。

我对它的第一印象并不是很好。刚刚下车，迎接我们的是一片泛黄的湖水，湖中长了许多藻类植物，一些绿色的不明物体好似时时刻刻黏在湖面上一般。我和爸爸、妈妈、姥姥姥爷坐上了船，那船刚一启动，只觉得发动机的噪声好大。我只得抬头向四周望去，船缓缓地向前开着，我们看到了许多的房屋，刹那间，一阵恶臭袭来。这些小屋多显寒酸，有一些甚至是用茅草搭建。这些小屋高高低低，杂乱无章。"这就是我们要去的水上人家？"我厌恶地说着，脑中依旧浮现着原本想象中的美景，"这里没有鳄鱼、毒蛇吧？什么人会选择在这里住啊？"爸爸看了我一眼，说道："来这里本来就不是为了看美景的，柬埔寨内战的时候曾招募过许多的越南雇佣兵，内战后越南不再接受他们了，于是他们这些人失去了国籍，就住在这里了，久而久之，形成了这座'城镇'。"我哀叹一声，不禁心生怜悯。

这种船不能开进"镇"内，于是我们坐上了当地人划的小船。令我惊讶的是这些人多数是妇女，她们从容的脸庞带着平静又朴实的微笑，没有丝毫戾气、不满和忧伤。她们当中有些是带着小孩为我们划船的，我们船上那位阿姨就是其中之一。我永远也忘不了她

156

凝视自己孩子时那温柔的表情，她说话时是细声细语的，仿佛不愿打破她女儿脸上甜美而纯洁，且永远绽放的微笑。我们路过了一对姐弟，姐姐正在给弟弟洗澡，弟弟不让，推开姐姐，姐弟两人就这样打闹起来，发出"咯咯"的笑声，那笑声流入了我的心田，我忽然感觉好温暖。一个与我们似乎同样大的男孩正在阳光下解着船上的绳索，背上的肌肉显得格外灵活而生动，他时不时微笑着向他家中的父母挥一挥手，一切都是那么美好又宁静……

风轻轻地吹着，头顶的树木为我们遮住热带刺眼的阳光，身边一位划船的姑娘唱出动听的歌声，使我陶醉不已。我忽然明白了这个地方特有的美。划船人的桨缠入了丛丛水藻中，她艰难地挥动着桨，正如她的祖先在这片湖水中，在背叛与抛弃间艰难地呼吸着一般。那拼命挣扎的桨已经挣脱了最后一株水草，一切都显得更加轻松平稳了。

水面依然泛黄，房屋依旧寒酸，但没有一个人向游人乞讨，每个人路过都用灿烂的笑容告诉我，这才是真正的美景。最美的风景，是在这样的环境下依旧乐观，依旧载着一船船的收获，保持微笑，坚强地向前方看去。

（有感于 2019 年 10 月，作者 12 岁时）

家乡风物志

——游林白水故居

　　家门口有一家椿树书苑，是经典的北京四合院老建筑，让人眼前一亮。夏日午后，叩门进去，树荫下穿堂风吹过，倒是清凉舒爽。沉浸在书香中，随意坐下，望着阳光照在倾斜的灰白色屋顶留下的剪影，又是惬意的午后。亲子活动室中不时传来稚嫩的书声与欢快的笑语，时间仿佛可以永远停留在那一刻，一个下午不经意就过去了。这美好可爱的午后便是我对林白水故居的初印象。

　　现存的林白水故居为著名主编、记者林白水先生 1914—1916 年在北京居住的院落。同许多北京老胡同的命运相同，原址已被拆除，现址是后来重修的。推开鲜艳的朱红院门，映入眼帘的是古朴雅致的庭院：青砖黛瓦又有墨绿朱红相间点缀。夏天，房前常常点缀有竹子、金橘，令人感到清新；冬天，这里有明亮的红灯笼点缀，有浓厚的节日氛围。林白水故居是两进的四合院。曾经，前院是社会日报社所在地，客人来访，在前院投稿，后院拜访主人林白水。现在，进门右手第一间正房是林白水纪念馆，一进展厅映入眼帘的便是正中央闪闪发光的"报界先驱"几个大字，展厅两侧的展板上均介绍了其生平。

　　林白水的一生经历了中国的巨大变革，他秉承着为平民办报的信念，用白话写文章，面对时政的混乱肮脏，他毫不犹豫地批评抨击。他从不顺从，从不依靠，最终却因坚守信念惨遭枪杀。在展厅最右侧的展柜中平静躺着的是引无数参观者驻足的革命烈士证明书。迈出纪念馆，正对面便是林白水的纪念像和身后"有如白水"的几个大字，如此纯净，如此真诚、炽热。他的精神，感动了世世代代的新闻人，也相信会感染更多的后辈。

如今，跨过时代的沧桑，往昔的报社今天成为书院。这里不仅藏书丰富，活动室还常常举办丰富多彩的文化活动，成为一个充满向往与欢乐的地方。有时候那里会有人说书，亲子活动室中的陪伴与爱意令人感动，后院最南面的正房夜晚依然灯火明亮……在那里，嗅着书卷的清香，我一度邂逅最喜欢的书。那里浓厚的文化气息与魅力令人流连忘返。在宅中，可以看到时代的变迁，更可以看到永恒的人性，看到中华文化历久弥新却终不改变的内核，看到每一个中华儿女对美好的向往和内心坚守的文化之魂。

（有感于 2020 年 2 月，作者 13 岁时）

旅　途

失群鸟和孤生松，是我心目中最浪漫的邂逅，代表了我的一段人生旅途。在这段旅途中，一只失群而孤飞的鸟找到了那棵矗立风雨中而不倒的孤生松。那时候，我还在贯通班里，这里聚集了成绩最好的一群学生。

"喂，你哭什么？"我惊讶地看着同桌。

对成绩的担忧，失败时伤心的泪水，她让我想到了初中时住在楼上的同班女孩，她曾经因为无法达到父母对成绩的要求而重度抑郁。那时大家都对此觉得很奇怪。而现在，这个班级里，这种对于成绩的要求与无法达到时的痛苦，似乎成了每个人心里最习以为常的东西。

一张卷子摆在同桌的面前，她看着，沉默不语。我隐约看到她的铅笔在许多题号上轻轻划下圆圈。大概是在对照答案吧，我心里默默想。

"该死！当时早该想到的。这么低级的错误，我为什么会犯呢？"我隐约听到抑制情绪的喃喃呓语。回顾整个班的同学，有些匆匆离去了，有些在座位上趴着，她大概不是唯一对照过答案后情绪激动的学生。

我感到略有一些麻木，心里也难受。颤抖的手提起笔，打开手机，对着答案一点一点地看起来。"A、A、B、C、D……"每当看到一个对钩打在试卷上面时，心里总会有一点放松。忽然，眉头紧锁，一个巨大的问号落在了卷面上，我的心猛地一沉。前一天没怎么休息好，太阳穴仿佛突然抽搐了一下，我不理解为什么这么简单的题当时竟然会算错。太可惜了啊！

成立贯通班的初衷很简单，成绩优异的学生被放在同一个班里，为了追求更好的成绩，为了最终大家都能去往更好的学校。在这里，学习似乎变成了一场没有硝烟的战争。我忘不了在这里度过的一段时光，在这里尊严仿佛是一切，成绩仿佛是一切。那段时间，在对成功者顶礼膜拜的同时，每次考试后，我看到身边越来越多的人有泪水滴在桌角。对失败的抵触，对完美的追求……"大家都是极有天赋的同学""犯错是不被允许的""目标'清北'""高考能扣多少分"，到那时我才看到，尊严是一件多么奢侈的东西。曾经我以为，一切对美好的追求都是公平的，是理想的。当竞争变成常态，当完美变成一种理所应当，我才知道一个人原来可以这么孤独，而孤独，原来这样痛苦。

那段时间我和别人都不太一样。那时候，我很贪婪。和一群很聪明的同学一起，可以学到很多。只可惜这并不是打开高中正确的方式。竞赛生在抓住一切时间疯狂刷题，抢出冲刺的成绩优势。综合生完成阅读计划，认真做好课上每一堂作业，了解自己的优势科目……

我对自己的期待太多了，尝试不同的竞赛，想要准备出国，读许多人文社会的书籍，想要写下最深刻、最认真的观察体会。那时我说我的梦想是写下关于这个世界的一切，可是被分散了的注意力、每个完不成任务的夜晚，都让我怀疑自己的能力。

在所有人都谈论成绩的时候，我不知道自己在哪里。"栖栖失群鸟，日暮犹独飞。徘徊无定止，夜夜声转悲……"

总之这其实是一段痛苦的日子，因为自己离开了"大部队"，在每一个学科中自己都做不好，孤独地飞翔，似乎他们已经远去，自己还在原地踏步。

一天，从实验室走出来，迎着夜晚的寒风独自骑行回家。站在电梯口，看到玻璃折射出的自己狼狈的样子，我不禁哑然失笑。电梯门打开了，我的笑容却逐渐消失了。

站在我面前的是她——曾经因为无法达到父母对成绩的要求而重度抑郁的同班女孩。

宽大的衣服下，略微有些浮肿的身体。目光对视的那一刹那，我点了点头，打了招呼，不禁想起初中上学第一天那个眼睛里闪着光、小麦色皮肤、笑起来很甜的女孩。"下楼跑步？"我问。

她点了点头，走出电梯。

我想起那一天下午，她剪去了长发，笑着和我们说，吃药之后心脏就不好了，脑子也总是反应不那么快。那一天，她笑着说，患有抑郁症就会突然失去意识，清醒的时候看到地上一摊血。

那一刹那，我忽然有勇气离开这个将荣耀视为一切的贯通班，去做我认为真正有意义的事情。"……厉响思清远，去来何依依……"

我知道，在一个群体中通过不断努力、取得很好成绩、受到所有人的认可是一件多么具有诱惑力的事情。我也知道，在某些时候，在极端追求完美的情境下，放弃是唯一的选择。我想手握自己的地图，哪怕意味着孤单，可是却总有一股强大的推力让我这样选择。

是什么让世界变成了这个样子？

"……因值孤生松……"

我是一个喜欢反思的人。喜欢自我反思，喜欢反思身边的一切，哪怕这种反思最终成了一种质疑。

"……敛翮遥来归……"

顺着每个个体的质疑，透过表面的观察，可以看到一层深深埋藏在其中的力量，一条深深隐藏在其中的藤蔓。我们用理性喂养、抚养，让这条藤蔓生根、发芽，或许它可以长成一棵树。

"……劲风无荣木，此荫独不衰……"

有的时候，梳理个体声音背后集体的呐喊，就会发现一个在历史长河中始终存在的厚重的探讨，直指人性。那棵历经风雨不曾弯曲的孤生松。那终于直指自由精神的孤生松。

终于，我是一只可以自由飞翔的鸟。我不用担心自己飞得太累，不用担心自己迷失方向。看啊，我会想，那里有一棵树正在迎着呼啸的寒风肆意生长。它强大到让我随时可以停靠、依靠。或许有一天它会举着我，看到更高更远的远方。

"……托身已得所，千载不相违。"

旅途就是，失群鸟与孤生松。

（有感于 2024 年 2 月，作者 17 岁时）

我深深地懊悔

最近想写一些我一直感到懊悔的事情，还有一些一路上吸引着我的人和风光。我一直相信自己本质上不是什么不好的人，只是很幼稚且有些被惯坏了而已。

物理学是我最早被吸引也最早开始课外"被动"探索的专业。在许多的日夜中，新的物理概念重塑着我的认知，充盈着我的精神。初识相对论的那个夏天，炎热的教室里，我深深地被它描述的那个世界所吸引（但是"尺缩"和"钟慢"之后我就什么都听不懂了）。

在第一次接触"电磁"的那个夏日，我一次次看到世界以一种独特的方式在我面前展开；我会记得那一些令人喜悦的小瞬间，比如自己推出来的"柯尼希变换"，再比如依稀看到的光学的衍射与干涉。可是，当一个人永远都只是被动地审视这个世界，当他永远都认真地抬着头，望着黑板，在人群中翻开厚厚的书本认真背诵时，他又能学到什么，又能走多远呢？在读《别闹了，费曼先生》时，一种无力感深深涌动在心里，我想自己似乎再也不可能变成像费曼那样自由、有趣、充满好奇心的人了，那种探索中人生焕发的新意使我痴迷，可是我害怕，自己的大脑从来就不曾支持如此高强度的工作。

在做性别研究时，我莫名开始反思科学存在的意义。科学永恒的正义性似乎消失了，当科学被深深嵌入那些不属于它自己解答范畴内的思想中时，权利的不对等就这样产生了。我似乎永远都是这样一个胆小怯懦的孩子，在自己的角落中，默默仰望着星空，阅读着令人费解的文字，思考我们所处时代的犀利的令人难以回答的质疑和遥远的时空中那些亘古不变的定理。我轻轻拉开窗帘，让月光照进屋内，抬起头仰望星空。像多少年前，学习了语言的祖先曾经载歌载舞欢聚在柴火旁，敬畏那些保佑着他们部落的神明那样，我抚摸着这份尘封已久的热爱，不知道如何安置它。

（写于 2023 年 12 月，作者 17 岁时）

随　想

　　春天，清晨，鸟儿划过天际，绿瓦红砖下玉兰树伸出长满新鲜花瓣的枝条，稚嫩的铅笔慢慢地写出句句排比；夏天，池塘里的鱼轻轻游荡，清新的空气中掺杂着清新的墨香，竹影下，一条条模糊的粉笔痕迹，在欢声笑语的映衬下是五彩斑斓的；秋天，淡黄色装点着那条熟悉的路，是深灰色中的一缕别样的色彩，嗅着糖炒栗子淡淡的香甜，我握紧了那双大大的手；冬天，深棕色的羽绒马甲穿上像面包一样，冬天也多了点香甜。茫然地来了，又匆匆离去，我们每天悄悄地挥霍着时光。抬起头，一切依旧。心情久违地在清新的空气中和熟悉的场景下又一次被无限地舒展，正如曾经那样，它就这样不断地舒展着……那一刹那，有些东西就一直在那里等待着，静静保守着每个角落藏在时间里的秘密。

　　我不在意曾经虚度的光阴，只渴望曾经在世界面前那份舒展的心情。随着太阳缓缓落下，日落后的那些角落，曾经有多少幻想的景象。想象不曾具有的边界……最爱的永远是宽敞的篮球馆，我靠着深绿色的柱子，多少肆无忌惮的欢乐中藏匿着恐惧，过去和现在亦无从落笔。

　　曾经抛出很多很有趣的问题，也曾简简单单抛出一句敷衍的回答，随便地将自己推到那条轻松的小河中。依稀记得喜欢看纪录片和传记的那些日子，舒展地看着那些鲜明的人生。不知不觉中低头蜷缩起来，看到了自己混沌而麻木的生活。想要坚持走下去，像那些人一样。可惜走着走着，就忘记了自己为什么要上路。一路上有太多令人难忘的东西了，有些荆棘拦在前路需要斩断，有些草原用它的广阔让你长久驻足，有些玫瑰带刺，有些大道通往绝境……现在，我有机会看到那些鲜明的人生在大地上的投影，却再也无法变得那么舒展，那么开放。

曾经，在原地大声地叫喊着，别人笑笑说真可爱；如今，在那里大声地叫喊，剩下的只有一两个行人目不斜视地路过。相信简单的东西总是那么容易，但只有不间断地质疑追问才更有意义。真实而曲折的路不在于它有多正确，只是在于步行者的步伐有多明确。

就放过自己吧。情感上的依赖并不能证明真的在意。当思维的体系散裂，碎片全部围绕在自己身边，包裹着、纠缠着、迷惑着自我时，剩下的只有一片精神的荒漠。没有哪个个体曾是世界的中心。

（写于 2024 年 1 月，作者 17 岁时）

英文小品

The Friend That Changed My Life

I used to struggle a lot when I was just a primary school student. As a fourth – grade student, I had my ambition and dreams. I was so certain, so sure that I had something special. But what bothered me was that no one other than my parents seem to see me this way, which led to me feeling greatly frustrated, and as the frustration got deeper, I eventually and unconsciously started giving up myself, building up walls between myself and others. But then one person appeared and changed my life completely.

It all happened on a dull afternoon English class. I sat next to him because I got there quite late and that was the only seat available. I had never gave any special notice of him before, but the moment when I took the seat, he looked through my eyes and smiled with that big lovely smile he turned from some kind of stranger to someone I wish I'd known. Anyway, he was a really good student, responding actively during class, doing his homework really nicely. We talked after class and since our home happened to be close, we walked home together and talked on our way. I was impressed by him. He was gentle and patient, and most importantly he was really confident, he talked with such confidence that it influenced me so much, that I was eager to know more about him. When I spoke, he listened with great concentration and respect, and every time he knew just the right thing to say that was not only humorous but also helped me a lot with whatever trouble I was having, even though my words weren't so accurate, he got just what I was expressing. I started working hard, with the confidence of somehow being valued and understood. I worked very hard every time before and after class just so I could get to his level and discuss the homework together. His appreciation means so much to me but his criticisms means even more, I feel like every day every moment is fulfilled with his help. Even those hard and frustrating Maths work seems to make sense to me with his enthusiasm and cleverness. I now embrace the world with a completely different point of view. I see my future with great possibilities and those dreams no longer seem to be impossible.

He is such a treasure. I thank him for everything that he gave me. He has saved me from self – pitying and showed me a great and better world, a more colorful world that is waiting for me to experience. And it couldn't mean more to me.

Declaration: The story is completely based on imaginary and one hundred percent fictional, only inspired from some moment in real life.

(written in February 2021, at the age of 14)

To Become a Better Person

There are often moments, suddenly overwhelmed with anxiety, sadness or fear. It could be for the uncertainty of the future, or the past, for what you have done that could have been better. And how to overcome such feelings seems relatively simple, yet quite hard to put into action—seize the moment.

Often it is easy to view the present with carelessness, for it will become past in a short time but seems like future that you can still plan. For me personally, I often put so much pressure on the "tomorrow" by planning a lot, putting on a tight schedule and then decide to take a rest temporarily. Well, such routines will go on and on and on leading to the schedule busier and busier and busier, but still not much work is done. Planning is certainly important, but to become a better person is more important than to just put your thoughts and whatever you feel necessary to improve yourself immediately into action. It is never hard to make wishes, you can even do it in your dreams, but it is the ability to put it into action that most people lack. So why not start with THIS MOMENT!

Another point concerns boldness. Now, before making big decisions there are sure to be many factors that you should consider fully. Though sometimes it is also important to just let your rationality shout up and listen to your emotions and don't ask if you can do this, ask whether you WANT to do it. It is true that people's ability values. And there are things you could perhaps never reach in your life, but after reading *Flowers for Algernon*, I got a vague idea that it is not the achievement that matters the most but the attitude, and there is some thing called hope. You will never get hope if you don't even give yourself a chance of trying. The idea that I care too much about what others think about me and whether I look stupid just pulls me back savagely. This is almost always, when inretrospecting, extremely unnecessary and unadvisable. When I was in sixth grade, simple and innocent, and with a poor English definitely unable to support the task. But still I dared ask for the chance of going to the Montessori Model United Nations (MMUN) trip simply because my best friend was going. And there I was, speaking in front of a whole meeting room of kids all over the world mostly native speakers but a lot younger than I was though. I made a lot of mistakes, and had some struggle in communication which was certainly going to happen, but I didn't even mind. All I cared then was how much the teachers supported me and how much the other kids tried to understand me, and I even made one or two of my points clear. It had later encouraged me a lot in my English study. Despite all the meeting parts the journey itself was fantastic and I got to know a lot of great and talented people, and even now whenever I run into a piece of memory of that trip, it is still so fresh and so sweet that I will cling to it for a while. So, if you can just follow your wish, make the bold attempt and open yourself to the world, take notice of the bright and positive part, you are certain to achieve more.

People always tell you that goals are important, but to me I think it's nothing more than a lighthouse. I am teaching myself how to put down all the burden I take and travel light, to just soak in the moment without many concerns but full of joy. Happiness will not come unless you go for it.

To sum up, I would say that the past is something that you couldn't change and future always wears its veil. I would like to quote a line from *Jane Eyre* which I am recently enjoying, that "if you tried hard, you would in time find it possible to become what you yourself would approve; and that if from this day you began with resolution to correct your thoughts and actions, you would in a few years have laid up a new and stainless store of recollections, to which you might revert with pleasure."

(written in August 2021, at the age of 14)

Salute To Mr. Shouchang

We live a comfortable and exciting life today. With endless opportunities, we have the right to shape our life and dream for a better future. However, about a hundred years ago, things were completely different. The country was in danger. Men and women suffered from political crisis and poverty. Thus, many well – educated people at the time devoted themselves to finding "the cure" for the country. Many even gave up their lives. Among them was Li Dazhao, who contributed his life to helping those who are suffering at the very age of 38. He was a person I truly admire.

Li Dazhao is a very talented and dedicated person. While working in the library of Peking University, he wrote many influential articles and inspired millions of young souls throughout the country. Moreover, he traveled around and delivered inspiring speeches and helped students form many kinds of associations. Li Dazhao was never tired of his work. He worked day and night, sacrificing his resting time and his time with his family.

During the time when most of Li Dazhao's colleagues were simply hoping that the educated would change the country. It is Li Dazhao who truly cared for the poor and suffering. Not only did he give most of his money to those in need, from workers to farmers, but he also gave free lectures to teach them and inspire them. He taught them that their life was not doomed, that they had the right to live with dignity, that they also had the ability to make a difference. This later proved to be a great foresight.

I admire him because of his devotion, as he spared no efforts in helping his fellow people. I admire him because of his courage, as he feared no death. I admire him because of his qualities, as they have inspired generations of the young. He has contributed his efforts to the comfortable life we enjoy today. With such great selflessness held in his giving heart, none word of complaint was ever heard. With his strong determination, great selflessness and such great compassion, Li Dazhao is a true hero in my heart.

(written in March 2022, the age of 15)

My Betrayal Toward Myself

Three years have passed, but surprisingly and satisfyingly I found myself in the same position as I was three years ago. Three years are neither too long nor too short, but enough for much to happen. I believe that these three years are crucial for shaping my personalities, changing my perspectives toward the world, adjusting me to adulthood and taking on the responsibilities as a member of the society, pushing me to enjoy life and deal with difficulties and so on. See, the list goes on and on and soon it startled me to realize that how an enormous amount of my access to the world was only recently founded. The ultimate imbalance, between one's subjective cognition and the universally objective truth decided by natural factors as time, was a beautiful and mysterious yet dangerous secret of the world. Therefore, there is no need to rush, to push oneself hard without even noticing the signs that tells which road one is taking, for it has made one a blind person when he or she clearly has the ability to see.

Sitting in front of the computer and seeing the final score, though not surprised, I was still a bit disappointed and sad. Millions of excuses were running through my head though none of them seemed satisfying enough. I was about to broke into tears as I saw how high other's scores were. So many thoughts of how good I was supposed to be, or of how embarrassing it burdened me so much that for one second I found it hard to enjoy anything anymore, that for all my life I have led myself to be a failure. But as I opened my eyes and wiped off the tears I saw outside the trees in brilliant green—the color of life. That is when it hits me that there are more of summer than the obnoxious heat. I eventually started to mock myself and I mocked hard until the word "betrayal" popped in my head. Yes, I admit that I betrayed myself. Bending over towards the lure of power and acceptance, I have long put away my own dignity and courage. The scary part is, I have not clue of when it even started. But that's not how it is supposed to be! How I enjoyed the days when I stand up, because I have something to say and hated it when I want other's approval. How I enjoyed it when it helped me learn and master something difficult and how dreadful it felt, when all I can think about is how stupid others might see me. How beautiful it is as the electricity runs inside your brain, ideas connect with one another and something abstract becomes visible and relatable. Overall, the greatest feeling when two souls echo through time and history, and two thoughts fused together as one. All these pleasures vanished as the big red "A +" appeared on the paper accompanied with a satisfying score. The next thing you realized is yourself staying up all night reviewing so that you can get another one, receiving admirations which make you feel a little burdened though willing to receive more, jealous of other's who are better than you, etc. The practice of happiness stopped as the pursue of perfection started. Desire is like a pool of swamp, once you dragged yourself inside, all you do will make yourself to sank deeper.

Love and passion are the most indispensable things in life and intelligence is also important for it guides us through life. But the true challenge to get all these three above is to understand what we truly want for ourselves. It is stupid for a dog to refer itself as a pig. It is stupid to lie to the people we love, but even stupider to lie to ourselves. We know who we are, what we want, what we love and stick to it. We shake off the threat and control that the outside world may want to conduct on us. We control and take responsibility of our own life and make sure that nothing keeps it off the track.

Thank this opportunity for putting my life back on track. I am glad that here I am back to where I started. Packing, I feel ready to keep on going.

Just some nonsense from a sixteen – year – old girl.

(July 5, 2022)

The Blind Side

Love, a grand word, a foundation of a modern family, saved an African American boy once called Big Mike. *The Blind Side* is a movie directed by a white director, John Lee Hancock, in a white dominated state of the South. Knowing that this review sounds a bit too unnecessarily harsh, there are still things that I want to say in hope that people will not be misled by the value of "love" the film intends to convey.

Let's start by asking a question that's been asked throughout the film: Does the family love Michael? And, as I can imagine, people will just mock by how obvious the answer seems, and say: Yes! Of course they do! Indeed, the family does everything that "a family is supposed to do," helping their "child" figure out what he wants, and preparing for his future that lies ahead of him. But it feels weird, as a closer look is taken at the movie, as the route Michael takes, rather than the typical American dream, seems more of a "reluctant, only – choice". That "love" is somehow "forced". Considering the racial context of the family, I shivered at the thought of slavery, is capital again enslaving African American kids? Is sport a new form of slavery? Is "love" a form of slavery? ... It perplexes me, and I am not sure if a satisfying answer could be reached.

According to African American feminist Bell Hooks, in her book *All About Love*, love exists on the basis of "justice", meaning that love is possible when the power between the two parties is equal. A great example is the "love" between parents and children. Under the vague term of "love", parents can verbally attack, hit, and punish their children if the basic rights of a child are neglected. The contrast in the situation between Michael's and Tuohy's family is so sharp: a homeless family versus a family that owns practically all the Fast Food restaurants in the city. They met each other in a rainy day, when Michael has got nowhere to go, and when the Tuohy could supposedly go anywhere they want with the nice car of theirs. There is no denying that their encounter is itself a result of social "injustice" rather than "justice". While love is longed by this kid with childhood trauma, and perhaps the family as well, assuming that the mother really sees Michael the way the film wants us to believe, it is still formed without a foundation of "equality" or "justice". Michael and the Tuohy family's relationship, it seems to me, is first formed upon sympathy, rather than love.

I have always assumed, forgiving me for my stereotypical interpretation of the African American culture, that brotherhood is a strong foundation in African American people's emotional bonding. But not only is it completely omitted by the film, with a brief contact that ended in a turmoil only because they "assaulted Michael's mama and sister", it turned to be utilized into conveying a strange but widely accepted message here: these African Americans are lazy, not responsible for their future, causing only trouble to the society. "Buthey, it's not at all their fault," immediately the arrogant privileged added, "They have no choice! They never know what the world is like outside! They don't have the athletic talent of Michael! Besides, they are cowards who only live in their comfort zone! And hey! They never met the Tuohy! They are just so unfortunate!!! We have to do something to help them!!!" In short, here's the message: these people are sympathetic. What exactly is the movie telling people to do here? Adopting every African American child born poor in the hood because "their parents are incapable of implementing to 'correct' values to their children"? Because "not only will they make their own lives miserable but also they pain their white privileged neighbors with sympathy and pity?" To me, it doesn't make any sense. I can't help but wonder that they are outcast "sympathetic" only because they are forced in a hierarchy, a set of rules that neglected their needs. In short, they are not the one who made the rules. It is not a world that they are welcomed in. It is not a world created by them and for them, that the struggle to survive is enough. Yes, there is no denying that by making the "right choice," in the context of Elite America, Michael has given himself fortune, honor (which according to the film is something Michael feels worth fighting for), a place in the society, and love and acceptance by a loving family. A typical life of the American Dream. I'm afraid, however, that there's one thing that's been neglected: happiness, a sense of belonging, even, self – value. The success is a compromise: to stop being rebellious, fighting for his own voice, but instead to success in the rules set by the authority, in which he is just a clown for capital exchange. In the movie, when deciding to attend Mississippi College, Big

Mike smiled; but in my heart, secretly, I sobbed in deep pain.

Is Michael truly "lucky?" Fortunate? Well, honestly, I'm not so sure about that. In fact, I am not at all surprised when I find that Michael, in real life, claims that "the family at the center of the movie didn't adopt him but rather tricked him into signing documents that appointed them as his conservators". Why? Simple: someone with little literacy level, unfamiliar to the world of elite, growing every day, every moment, trying hard to even set up his own sets of values, do not, in any way, have any ability to, say, make decisions for "himself". There is an ultimate gap between the information he has, and the information he needs to make a decision. In other words: it always seems to me that, no matter the intention, it is not the Michael, but the family as a whole, or even the society, that takes advantage of Michael's sports talent. What sickened me the most is how the "love" Michael has to the family, the "protective instinct", is eventually exploited so he can be a good player; exploited for capital, for pride, for just a good performance. It is the "protective instinct" that originated from his childhood trauma. Isn't it much of an insult of the capitalistic world to even want to make money out of that? "Love?" Where is love? In a place where even trust is so fragile. Even out of good intention, in the name of love, people make decisions for Michael. And Michael himself agrees, saying that "orders are to be taken, even if that means sacrificing your life. As long as it is for honor". Honor, another big word that leaves me with nothing to say. Nothing to comment on.

The movie reminds me so much of a story that is so familiar, so loved, and yet so hated by every modern girl: Cinderella. A false dream. A false love. Such a beautiful and intoxicating tale. The lesson is simple: uh! To the weak, the powerless: to maximize your talent, you have to depend on the one who is strong and powerful. The prince fell in love with Cinderella at first sight, just like the world fall in love with Michael at first sight. Out of sympathy, sure, but also out of something they see in them. For Cinderella, it is her obedience. She is pretty, and the obedience, the lack of self – love apparently makes her a perfect wife. For Michael, it is his athletic talent and insecurity. He is a good athlete. His lack of security apparently makes him willingly give up everything just to be a part of the community, the "home". The longing for love makes him the "perfect son". Thus, when it is under such situation, it never matters if the love is true or not. It doesn't matter if the Prince is willing to give everything to Cinderella, it doesn't matter if the mother is supporting Michael to do whatever he wants. No, it does not matter, because injustice stands there, poisonous and dangerous. The so – called "love" renders Cinderella and Michael powerless in the face of the Prince and the Tuohy, respectively. There is no denying that the saviors help Cinderella and Michael survive, offer them a safe shelter of lifelong security, but there is also no denying that the saviors do not make them equal. Love shelters them, but another way to put this is that it imprisons them.

What is this love telling the audience? That by giving love, men has a great power to save? That by giving love, the white – privileged American are those who has a great power to save? Why can a woman only be saved because she is kind, obedient, and sexy? Why can an African

American only be saved because he is kind, obedient, and full of athletic potential. No, it does not make any sense. By strengthening this "unequal love", saying that it is possible, for a love to originate from sympathy, an unequal love, to be eventually as good as "true love," the core problem is diluted: the inequality that exists so deep within the culture.

Here, we see women struggling to find a place in a patriarchal world, struggling with every step because they are playing in a rule set by the men. Here, we see African American struggling to find a place in the elite – driven world, struggling with every step because they are playing in a rule set by the elite – white – family. "Love", "luck", "fortunate", what great words to cover up such ugly, unfair set by the society. How different is it? The only way an African American survives is by being an athlete, like once the only way a woman survives was by being a wife.

Love is not the answer for everything. Here, I implore people to seek the systematic answer. To help forge a unique African American voice. To make the so called marginalized or subordinate group a part of the mainstream society.

(written in May 2024, at the age of 16)

The Blossom of Sakura and a Soft Whispering

"我听见雨滴落在青青草地，我听见远方下课钟声响起。"

Prologue

Once again, I missed the blossom of Sakura. Amid the freezing breeze, I stood there, witnessing the boldness of the Sakura tree.

It's a beautiful tree near my middle school. It's a period I could never return.

There, not far away, I hear cheerful and chidlike laughter.

There is something so familiar yet so alien about it. I smile.

Years have passed. Those that survive in the memory have dispersed like the in dandelion spring. We went on different routes of joy and bitterness. Routes of growth draged us to the maturity of a supposedly happy life. However, something was missing, something beautiful about ignorance, beautiful and silly fantasy. Something is beautiful when dream and reality merge.

"It's been a long time," said a familiar voice, so cheerful and energetic, a tone that quickened my pulse.

I turned around and smiled.

The withering Sakura is always in my memory.

● ●

Chapter One: Once Upon a Time

It was a sunny day.

Once upon a time, a classroom was full of children. Sitting in the first row near the window, leaning against the wall, seemingly relaxed in a white basketball shirt, was a boy who I gazed at—for quite a while. And I smiled.

He was chatting with a boy behind him. The sunlight spread and distinguished him from the rest of the world as he smiled. A smile so contagious broke on my lips.

"Do remember to introduce yourselves," said the teacher, standing in front, "Don't forget to write your name on the blackboard. "

I watched, with bright eyes, a slender figure moving to the front. Boredom dispersed; I looked up with my expected eyes.

"Aiden. "

The extended, slender handwriting stood just like his figure. I murmured repeatedly, holding my breath. I kept in mind the name, daring not to forget it.

I kept in mind the very image of that boy.

● ●

Chapter Two: Pencil Case

Nostalgia.

Raindrops dripped down from the roof. The main campus was crowded with high school students walking with exercise books in their hands. Study was hard, but not really for those seventh graders.

The screaming spread around the campus. Crowded classroom was filled with chatter and shouting. Gossip spread spontaneously among kids who barely knew what attraction was.

The first menstrual blood. It was ignored until it seeped noticeably on pure white pants. Being pointed at, laughed at. My cheeks were burning.

I hold an emerald pencil case as if my life depended upon it.

"Oi," a voice from behind attracted me as I turned around, losing my grip on my pencil case.

Just the moment, something flashed from ahead. I felt the pencil case as slippery as a fish lost from the firm grip of my hand.

"Hey!" I quickly turned back. The familiar face appeared with a mischievous smirk. "Aiden, give it back to me!"

He quickened his speed. I stood up and followed until he was back at the corner of the podium. A childlike laughter broke as he raised his hand and asked me to get it myself. I looked up. Raising my hand, I tried to jump up a bit to grab it.

My heartbeat quickened. While hopping, I was leaning close, so there was a greater chance of me grabbing the pencil case. My arm was stretching; he was tall. I took a deep breath and jumped up, finally taking my grip on the pencil case. I thought he would give up, but he was still holding it.

There were moments in life when time could freeze. Though I wanted that pencil case back, something distracted me. I was close enough to smell the fragrance on his clothes.

I couldn't look back. My heartbeat quickened with something similar, like excitement and fear.

The grip on the pencil case loosened. And I took the pencil case back.

●●●

Chapter Three: The Bike Ride

One night, I was riding my bike on the street. Lights were dim. Cars were rushing around. I was immersed in the crispy wind. While I was trying to move ahead, a familiar figure appeared.

I bumped into him. We were crossing the intersection, walking in different directions.

Our bikes went so close that I grinned at him. I didn't know if he noticed.

"Hi."

I nodded and grinned.

He was wearing a black outfit, a bit slender. His face is round and childish.

I watched the light from the distant flashed, lighting up his face.

●●●

Chapter Four: The Best Field Trip

He sat right behind me that day. I was leaning against the window, and so did he. Through the slim gap between the window and the seat, he whispered,

"Let me tell you a story. "

"Sure. " I replied.

"One day, you woke up and found the city in turmoil.

" 'What happened?' you asked, shuffling toward the couch to read the news.

"People were dying, the news told you, because a group of terrorists were killing people randomly. "

"A terrorist group?" I asked curiously.

"Yeah, a terrorist group called 'Death', with people wearing masks, holding the scythe, acting as if they were the Grim Reaper. They were killing the random people.

"But no one knew who they were. The secret of their identity was so well kept. Mysterious.

"So, you were terrified, hiding in your house for days and months. Until one day, you heard a knock on your door.

" 'Help!' cried a little girl in a shivering voice.

"You didn't dare to open the door, so you waited, but the knocking became more ferocious until you heard a huge CRACK, and the door was forced open.

"You saw the dark – clothed people rushing toward you, waving their scythe. You tried to escape, but when once the weapon stuck to your throat, the whole world turned black. You felt yourself bleeding... Bleeding... "

"So, is it like, I just died?" I looked at him, wearing a typical smirk, face lit up by the afternoon sunshine.

"No, no! God, no! Wait, I haven't finished yet." His eyebrow twisted in a way that only he was capable of, especially when he was confused or got furious, mouth still widely opened.

"You opened your eyes and saw a different world around you.

"You put off the headset that you were wearing and looked around.

"A few people around you were greeting you, but most were just sitting wearing the headset, looking lost.

"They told you that the real world in which you were living was in danger, so people created this other 'reality' to live and hide in. They were trying to wake people up to tackle the problems together. This group they assembled is called 'Death', by killing people, they woke them up and helped them embrace the reality."

He finished talking and tiled up his head, looking proud.

"Where did you find the story; did you make it up by yourself?" I asked.

"Yeah, I did."

"Interesting story." I beamed, turning back. Through the small gap between the window and the back of the seat, I saw his face half – illuminated by the dazzling sunlight.

The minute I melted into the smile, the rest of the trip lost meaning.

It was the best field trip ever.

"Let me tell you a story." Through the thin gap, I whispered, "It's a story that I wrote two years ago."

Chapter Five：Moments in Time

Captured in my notebook were memories. Moments that motivated me shaped who I was. They were all memories of him.

"Yesterday he asked about calculus," written in the notebook, followed by a small heart, or something like, "he's self – studying polar equations."

Every day, the classroom shined as I saw him. Sometimes, he was preoccupied with solving puzzles. Sometimes, he was absorbed in problems that fascinated him. It was the way he stood up in class, the way he treated the world as if it was a game, the way his eyes lit up upon receiving a solution. It was infectious. It seeped inside my heart and left it open with curiosity. Something made study so natural and interesting. Something made logic, observation, and knowledge so attractive. The courageousness and eagerness for risk made failure acceptable for my life.

The way you look into his eyes was reassuring. The pair of eyes was full of light, imagination, and curiosity. Something stayed. The rest just faded. Life must be a treasure with a pair of eyes like that.

Chapter Six：Biot – Savart's Law

In front of a full screen filled with calculations using Biot – Savart's Law, I was talking with Carrot. We somehow started gossiping. She was talking about her best friend when I abruptly asked the question.

"Do you know Aiden?"

I watched Carrot tilt up her head to look at me, rolling her eyes unconsciously, then squinting her eyes as if casting a thorough examination of me. I just looked at her, confused.

Carrot rolled her eyes again, "Girl, you've been talking about him for a long time."

"Well, so what?" I said defiantly.

"I think you should face your true feelings toward him." Carrot said.

"What?" I said, blushing, acting to be innocent, "You're kidding me."

She started smiling. She was joking. She let it go. And I felt a sudden relief followed by a bit of disappointment.

"Oh," I commented, looking away—disappointment toward the fact that the subject ended.

The break could as well end. I guess there was a reason why I never truly mastered Biot – Savart's Law.

There was something opaque, amorphous, so soft, gentle, but unreachable. And there was also something more abstract and complex than the law of Biot – Savart.

More complex than the law of magnetism and electricity was the law of the heart, the law of magnetism and electricity in the Teenage heart.

"Who are you watching?"

Day after day, someone would ask me as I leaned against the window. I was squinting so the sunshine wouldn't hurt my eyes. It's rather pleasant feeling the warmth spread through your body.

"I wasn't watching them playing basketball," just how many times I retorted and then guided them in a patient tone, "I am just watching the birds. "

It's an appreciation of life—an appreciation of freedom. You don't understand.

I tried to look sophisticated.

But I couldn't be sophisticated, because I couldn't even explain why my sight kept scanning to Aiden holding the ball down at the playground. I couldn't explain why the minute I saw him, the minute the world lit up. The minute a fresh stream of excitement surges from my heart at the sight of him.

Chapter Seven: All Is Well

"What's wrong? You didn't fill out your answer sheet in the wrong order, did you?" Heading to art class, he stopped me in the corridor, genuinely concerned.

Yeah, I guess I didn't.

I smiled politely. *The world is still revolving.*

"Well, you'll be alright. " He smiled back at me before we parted.

It was supposed to be a colossal failure—a considerable stigma.

"You're going to be alright. "

He was right. Nothing wrong ever happened.

In that spring, my middle school life ended. Life continued just smoothly.

Chapter Eight: Pain

It is the fragility of a dream that pains. A fantasy doomed at its very beginning. Affection toward nothing but a fading shadow. It is destined to leave rather than stay away.

It's the fragility of a teenage dream. It's the fact that forever is stagnant in the past, in pieces of memories instead of the future. It's the fact that something only becomes evident and apparent when it's already too late. It's the fact that people belong to themselves rather than a childish imagination. And when it was not yet realized, jealousy and envy were the sole cause of all pain.

I took it for granted that people like Aiden exist. It was not until we parted that it truly struck me, once again, how fortunate I had been to meet someone like Aiden.

There, watching him sitting in the self – study room with a group of what seemed to me strangers, I felt strange to myself and a dream I used to have. The dream that I see in him. The dream that was proven wrong. Aiden's concentration deepened as a girl came along to ask him a question. Suddenly, something struck me, leaving my nose tingly.

One day, I heard a familiar voice talking to others behind me. It was Aiden.

He must have quickened his step, or I somehow slowed mine.

When he walked beside me, I felt the heat radiating from his body, somehow burning the side of my body toward him. I tucked my head down.

He found someone he knew, perhaps a boy from his class, and fastened his steps. He patted the back of the boy, and then the two of them disappeared.

"Are you in pain?" asked Ellie. I watch the empty basketball court, my shoulder leaning against the window. I shrugged. Dr. Manhattan's words played in my mind. I felt trapped. Trapped in time, trapped in a dream, proven to be false.

"Through my fingers, pink grains are falling, haphazard, random, a disorganized stream of silicone that seems pregnant with the possibility of every conceivable shape. But this is an allusion; things shape in time, not space alone. Some marble blocks have statues within them embedded in their future."

The past is embedded in the future.

"Without me, things would have been different. If the fat man hadn't crushed the watch, if I hadn't left it in the test chamber... Am I to blame, then? Or the fat man? Or my father for choosing my career? Which one of us is responsible?

"Who made the world?

"A clock without a craftsman."

Am I the only one trapped in time?

Questions without an answer.

What should I do? What choice are left for me?

The end is embedded in the beginning.

"I don't know," I said to Ellie, hands covering my face, "Maybe I like him."

"You should tell him," Ellie simply replied. I stared at her for a long time.

"Hey, I don't know, maybe he'll like you back," said Ellie, raising her eyebrows, aware that I was staring at her, "You're not ugly."

For a long time, we did nothing but stare at one another.

"Yeah, I think you're right." I said to Ellie, "I'll do it."

We were heading back to our classroom. Ellie beamed.

"I'll find an excuse to get him out."

My knees were shaking uncontrollably. I had no idea what I was doing. Was I insane? I don't know.

What are you expecting?

I don't know. Should I tell him that I was lost in the past, trapped in my memories? Pleading that my body aches at the very image of him, with or without his existence?

I don't know. I never thought about it thoroughly.

All I knew was that standing there, faintly seeing Ellie on the other side of the corridor, I was about to collapse. Legs ready to flee any moment. Had it not been for Ellie's persistence, I would have disappeared.

"He was not there."

"Oh, all right."

I waited another hour.

May 30, 2023. Around 7:10 pm.

My heart was beating so fast—the moment when everything was finally ending.

I knew, the moment I dropped my pen, that the end had finally come.

I knew, as I stood on my shaky legs, the exact answer I was expecting:

"Sorry about that; I'm afraid you must have misunderstood something. This is never meant to happen. "

I imagined only after that moment that a relief spread through my body.

See? Don't be silly; don't be hunted by those stupid memories. Spare your mind for clearer thoughts. "Everything is going to be all right. "

I knew, as I walked past the door, feeling a little dizzy, that the only way I would regret the decision was if he turned out to like me as well. Very unlikely, I decided. I would freak out if he did.

May 30, 2023. Around 7: 15 pm.

It was wrong. Why would I do such a thing?

My sight was a little blurred. I saw a tall, lengthy figure walking toward me. Wait, no. Something felt so wrong.

I didn't see his face, and I got my heart beating out of my chest.

He stood there in front of me. Heat once again radiated from his body.

I felt a sudden relief, the familiarity of something that was now reassuring. Something that used to be reassuring.

"What is it?" His eyes were looking into mine, so gentle, supposedly to be soothing. Blood rushed to my buzzing ears.

"I like you," I mumbled.

Oh, the moment it came out of my mouth, I regretted it. It went out a wrong signal to every bit of my body, adrenaline, whatever the hormone was; it was terrible; it wasn't supposed to take that control over me.

His eyes widened, revealing five sharp "Huh?" like general contempt or mockery. My mind got blank.

I looked at him in shame, in disgust. Some described what it was like to get high on drugs. Right before the five exclamations were made, I bet it felt like getting high on drugs.

After it was made, the world shrank and swirled, something I never expected.

The exclamations were so high – pitched. Painful to the ears.

The last time that our lives intersected, the Sakura was withering. I rushed home without giving it a last glimpse.

••

Chapter Nine: *Astra Inclinant, Sed Non Obligant.*

Darkness engulfed me as I shut the door, cutting the last stream of light. Silene was loud.

I laid down on my bed, head buried deep in the pillow. A solitude too crowded with the pang of longing that I could not understand.

Shame, the one feeling that crossed my mind.

I reached out and pushed aside the curtain. The stars twinkled in the vast expanse of the night sky, a longing so solid and alien that I could not recognize.

Tears ran down my cheek as I gazed into the vast, lonely sky. The time I was, I seemed to stand still, the past, present, and future merging into one.

It's the same spot at home, the same sky above. I wondered how time elapsed or if that mattered.

Will it be the same? Had it been earlier? Will it be the same? Had it been later? Will our lives ever intersect again?

Not even the stars can answer.

....

Epilogue

I listen to the soft whispering of the Sakura tree. The blossom of Sakura is always so short, so easy to miss. I open my eyes.

Aiden is still there. A familiar stranger. His smile is still so bright and lovely. His words are still so kind and encouraging. A nice person. Sweet and lovely. The same as he appeared to be on that bright sunny day. Perhaps much taller, shoulder broader.

He's no longer the boy that runs away. I am no longer the girl that dreams about him. The teenage girl who was so uncertain of herself, the world, and the people around her.

I still remember the day we met at the crossroads, the day we were both on our bikes and went in the opposite direction. For a fragment of time, I looked at him and said, "Hi!" He nodded and smiled.

Now, standing here, looking at him in the eyes, I realize that I no longer know him. Or perhaps I never did.

Still, in my diary, in my memories, lived this lively, energetic, and lovely boy. Perhaps a fragment of Aiden standing in front of me.

All I know is that without the part of him, I am not myself today. And

I am grateful for it. That is enough.

I missed the soft whispering of Sakura, but looking at the tree, I know I am fortunate.

At least once, the Sakura has bloomed and would do it again sometime in the future.

后　记

经过紧张地整理和编辑，李恒语中小学时期的部分文字作品终于汇集成册了。这些作品都源自一个女孩对世界的观察、思考与记录。李恒语透过文字向读者传递只属于她的视角和解读，于是就有了《另外一面》。

本书的大部分作品是李恒语从小学四年级开始创作的发布在个人公众号上的文章，还有一些是未在公众号发布的个人作品。其中，既有旅游、读书、观影后触及灵魂的所思所感，也有沉思、伤悲、悸动后喷薄而出的奇思妙想。每段文字都有情绪和颜色，都带有"05后"女孩自己独有的滤镜。

这些作品本就是较为小众的自我表达，很多观点、角度透露着孩子气和青涩感。想到付梓之后终将面对读者们的审视，作者内心颇为惶恐不安。感谢身边的亲朋好友给予她的支持和鼓励，让作者有勇气将本书向公众出版。感谢出版社编辑同志的认真把关，特别是本书收纳的英文文章增添了编辑的工作量。是他们认真细致的工作保障了本书的质量。感谢许景怡姐姐为本书提供的精美插图，她的书画作品为本书增添了艺术的美感。

因作者能力有限，本书难免存在疏漏或瑕疵，有些观念可能存在偏颇之处，欢迎读者提出宝贵意见。

Following extensive organization and meticulous editing efforts, a selection of Li Hengyu's literary compositions dating back to her formative years in middle and elementary school has been meticulously curated into a cohesive volume. These writings encapsulate astute observations, personal reflections, and worldly musings from a young girl, serving to impart her distinct perspective and interpretations through the medium of language. Hence, *"The Other Side"* was born.

The majority of works within this anthology are from articles authored by Li Hengyu for her personal WeChat public account commencing in her fourth year at elementary school, in addition to exclusive personal works unpublished on this platform. Amongst these are contemplations and emotions inspired by travel, literature, and cinema as well as innovative concepts arising from deep introspection, sorrow, and exhilaration. Every composition is imbued with emotion, color, and represents an individual filter through which a young girl views the world.

These creations represent the author's unique self-expression, residing within a relatively niche realm. Many perspectives and angles exude an endearing sense of childlike innocence. Thinking that they will eventually face the scrutiny of readers after being published, the author is quite nervous and uneasy. Gratitude is extended to our family and friends for their unwavering support and encouragement, which emboldened the author to share this work with the public. Special thanks are owed to the publishing house's editorial team for their meticulous oversight, particularly in incorporating English articles—a task that undoubtedly added significant workload but ultimately contributed to elevating the book's quality. Heartfelt appreciation goes out to Miss Xu Jingyi for her exquisite illustrations that imbue an artistic flair into this literary endeavor through her calligraphy and painting works.

Given the limitations in the author's proficiency and expertise, it is acknowledged that inaccuracies or imperfections may exist within this book, alongside potentially biased or inappropriate viewpoints. Readers are warmly encouraged to provide valuable feedback.